欽命巡視臺灣朝議大夫戶科給事中紀錄二次六十七 同脩
欽命巡視臺灣朝議大夫雲南道監察御史加一級紀錄三次范 咸
分巡臺灣道兼提督學政覺羅四明
臺灣府知府余文儀 續脩

藝文四 賦 駢體 詩一

賦

臺灣賦

府學教授林謙光長樂人

有汗漫公子足跡八方目營九鄙訪秦漢之故都登雲亭之舊時舒神於錢來丹穴之顛長嘯於渾夕脫扈之址洞庭彭蠡拍驚浪以飈飛弱水龍門鼓輕舠而容與歷吳越

詡甲第之連雲入鄒魯羨絃歌之盈耳闤闠蕃雜轝蹕則觸乎輪轅都市紛華摩肩則炫乎羅綺自以爲穆王策駿之遊蔑有尚於此儼然恃所覩而詫于廓宇先生先生方暴背鴻濛吸飲滄漠睨而哂之謂是尠丈夫也曰子亦曾曠爾矚遠爾聑而知今

皇帝之輿圖乎制萬國以侯尉垂一統于車書人弗敢私其尺土俗無不拱乎辰居奠神州而晏若厝六合而恬如暘餘威于殊俗沛異澤于遐區卽跳梁以據險終痛悔其負嵎走也慶流波之既靜得專爲子頌臺灣之盛軌而勿遑及乎其餘懿夫逢浮濵澥沆瀁潰泓掀天震地吞谷排空駛如奔馬激如騰龍瀉碧千里湧浪萬重神鰲驅瀑石

烏呼風飈飈颯颯飄飄震震擬蓬瀛之難即匪艤艨之可逼爾乃以忠信爲舟以道德爲櫓叟縱纜於銅山泛一葉于廈浦飛廉戒途屏翳先路巨浸廻瀾狂濤息怒游泳虎井之灣漾泗牛心之滸望內塹而揚舲指西嶼而繫組旣憩足于彭湖復放櫂于深滄程僅歷于六更里倏越乎五百介焉廬山突出沃野孤浮景呈異狀沙截洪流一崑連七崑而蜒蜿南崑偕北崑而阻脩大線扼海翁之堀北線接安平之洲衝鹿耳以抵岈陸臺灣而遠搜于是大岡小岡嶢岈嵬崔半崩半屏巉巖嵒崇鳳巒插漢以嶔嵌龜山負地而磅礴翠織觀音之峰丹銷赤嵌之壑聳打狗于平坡峙貫豬于廣漠木岡凹底形若聯翩阿里雞籠勢相犄

角玉笋璀璨則漾素影于波濤金鑛嶙峋則仗雷聲爲管籥計自南而訖自北繞以二十二重之溪由此界而溯彼疆隅以六千餘里之谷升高而眺循俗而詢厥地惟鹵厥土惟墳厥田惟上厥種惟檠厥艸惟茂厥木惟囷厥珍惟錯厥布惟芬厥鳥惟毬厥獸惟羣飛潛動植長盛紛紜嘉茲壤之沃饒矧溫風之時至犬吠雪以爲常龍興雲而不噎卻溽暑于竹椰掃嵐烟于蘿薜刺桐飄經歲之絳霞菡萏迎四季之夏氣歷選勝于炎方允莫方于海澨則有文身畨族黑齒裔蠻爛滿頭之花草掩塞耳之木環拔短衣而抽縢作帶象鳥羽而編貝爲盤欣中國異人之戾止乃跳石越澗以來覩饋波羅之清洌獻嘉樣之甘酸蕉子剝

來幾等木桃之贈黃梨摘露不殊葵藿之繁翹首瞻依幸彼俗之未陋跂足蠕動樂大化之可頌又有蓬跣方除髎庠初隸載酒問奇負經請諦吟誦午雜于博勞衣冠尚存其椎髻拱手于都講之庭側身于敷教之地斯時也名邦上客暫停輶軒廣布文德宏宣湛恩數討教之故開並生之門示傲慢以秋肅導頑梗以春溫譬木鐸之徇路若指南之啟昏從此蜃氣蜻嘘結陛雕之樓閣鮫人晝卧展錦繡之乾坤謂非禹服重新渊侯甸要荒于一體堯仁遐被輯夙柘蕭殺以稱尊也哉汗漫公子伏而聽焉茫乎喪于懷來日不覩滄海者詎溝壑之宏不覩王會者詫都邑之鉅鄙人乃知今

皇帝之輿圖未易以蠡測也請爲歌以比于雅頌之末爰起而系曰有土綿綿有水漣漣介在絕島吐霧吹烟

帝赫厥怒淵淵闐闐既昭義問乃命旬宣宗儒重道勿棄蒙顓匪棘其欲式廓厥埏

皇以湔之於斯萬年

平南賦

周　澎　晉江人

海氛煽虐數十年大將軍施公銜

命徂征一戰而克平南奏疏一編乃都人士家謠戸頌積成卷軸也雖里巷微詞而輶軒足採乃摭其事實而作賦曰

緊

帝德之光華日星神而文武耀化日于中天颺仁風于率土賡一廷之都俞舞兩階之干羽張百旅之熊羆挾千屯之貔虎六服率賓萬方安堵靡不稽首來王輸賓天府惟是東南一帶溟渤奧區蛟鯨出沒陸梁逋誅依黿鼉以窟宅聚蜃蛤而爲徒乘風濤以鼓鬣播毒醆于萑苻長使海濆黔黎毀家破室雲屯士旅抱戈枕桉嗟桑田之萬頃乃彌望而平蕪困赬魴于涸澤泣流鴻于征途錯烽烟于野戍棲燐火于寒墟至于凄風鳴柝涼月啼烏莫不含酸茹慼惻愴嗟吁

天子乃念南國之仳離每殷勤而宵旰曰惟予股肱孰是仗旄秉鉞爲海邦翦此暴亂底四方于清晏僉曰惟彼元

勳夙膺寵眷俾控制以專征用克舒乎廟筭 帝曰都自江以南倚女爲屏翰其克奏膚功以靖此多難于是分虎竹綰龍章辭禁衛出 帝鄉貔貅夾隊魚麗成行戈鋋的皪旌旆飛揚駐雄師于澤國若雨集而箕張惟其地當斥鹵井竭水漿喜甘泉之應禱供萬竈之饑糧乃脩樓艣爰飭舟航凌中流以擊楫覽形勢于滄浪先卜期以決勝奏神策于廟堂緊重淵之瀰漫慨風浪之不常望蜃樓之縹緲嗟欲濟之無梁因而畫沙爲隄聚米成島孰漂疾當其驚湍孰盤渦介其要道孰旁涯而可泊舟孰順流而堪宜擣敵巳在吾目中胥按圖而可考定方略于金城美充國之計早知拉朽而摧枯胡險阻之能保爾乃乘機制變六

月興師舳艫千里霄漢蔽虧劍氣干雲而烱燦甲光冒日而陸離橫驚波以伐鼓撥瘴霧以揚旗各星羅而棊布聽中堅之指麾因念蛟宮盤踞兎窟憑依旣蜂屯而蟻聚復扼險而負危雖投鞭之可斷匪制勝之機宜故毀軍以驕敵弄股掌之嬰兒彼乃竦汛守撤藩籬謂北來之軍旅豈渡江之能飛橫千尋之鐵鎖沉水底以何爲于是鼓輕橈浮彩鷁溯鴻波摅絕壁淩馮夷之宮搗潛虬之宅維時衝飈怒號狂濤湍激飛沫濆空滂湃澌日呑海岳以俱冥合水天而齊碧百族爲之震驚千靈爲之辟易天吳排浪以浮游罔象穿烟而蹩躠篙一杙師逡巡踟躕莫不輟櫂停橈驚心動魄爾乃精誠上格叱電驅霆飛廉頓轡屏翳潛

形波臣歡焉助順海若剡其揚靈爰散金以誓士恥與敵而俱生復焚香以戒旅惟玄殺之是懲于是乎軍聲震土氣騰艨艟發枹鼓鳴搖赤羽麾青萍殲怪鱷殪毒鯨弓不虛發矢必應聲倒戈漂鹵流血波赬旣獻俘而授馘遂掃穴而犁庭乘長風以破浪藉專閫之威稜因而傾其巢剷其壘敗甲殘鱗俛首帖耳濟藥石以扶傷俾瘡痍之咸起仗天威以縱擒使歸布其德意曰漏網之餘魂漫稱雄于井底將計日以成擒胡憑陵之足恃念薄海之含靈皆聖朝之赤子無追蹤于田橫五百人而俱死倘銜璧以來歸當茅土而錫爾惟公事之勾當何私仇之足恥彼乃籍戶口輸土田匍匐蟻伏稽首軍前曰南人不復反願稟朔

于堯天知　聖朝之寛厚必冈治于厥愆若夫哀鴻失所瑣尾堪憐延頸企踵霓望久懸瞻　王師之至止胥雀躍而歡顏陳壺漿而塞野奉筐篚以周旋桑麻無擾井里依然耕不輟耒賈不易廛栢與脫釜鬵之苦登袵席之安更有流離遷客顑頷閨鬟弔天涯之魂影悲絶徼之風煙聆征鴻而帛書難繫吟夜月而笳拍空彈望鄉關于萬里長掩涕以流連欣擾雲而見日樂故土之生還乃復納叛招降編之部曲曰蔡人卽吾人務推心而置腹彼坑卒于長平何徒肆其殘酷化鷹眼以咸馴各貢劍而買犢念勝國之宗支多竄身于窮谷懷禾黍之故鄉毎悲歌而當哭俾白馬以賓王殷宗爲之不覆惟　聖世之芳規曠千春而並

燭于是雕題貫胸之衆燋齒梟瞯之倫廻首請吏願列編民遷情反志服教畏神固絶徼荒陬盡變爲樂土何殊方異類共識乎尊親若乃威靈遠暨悉土悉臣陸讋水慄奔走來賓琛幣重譯而交貢梯航接踵以並臻火齊木難之寶珊瑚瑇瑁之珍鳥集鱗萃靡不咸陳豈中朝特貴乎遠物乃遐方共聞有

聖人由是橈鼓傳于戈戢唱天山之歌勒燕然之筆交趾之銅既標淮南之碑亦立捷音飈發于閶闔露布星馳于北極六合莫不騰歡至尊爲之動色曰海波之載揚四十年如一日吁嗟乎蒼生不安于稼穡仗爾師貞一戰而克從茲殺運除刼灰熄樂桑麻恬作息南顧紓憂云誰之力其速議褒封用彰彼勳德爾乃登

清廟播樂章告海邦之耆定慶社稷之靈長遂褒以絲綸之天語錫以黼黻之袞裳指山河而盟帶礪分茅土而勒旂常謂爾元戎邦國之光用錫爾鐵劵爾其世守而永藏藉金城之萬里用屏衛此一方奠封隅以永固鞏奕葉于苞桑追伏波之舊烈曠百世而流芳于是居者相與慶于閭行者相與歌于市胥朋酒以言歡賡吉甫之燕喜願長借乎衮衣沾化雨于桑梓若乃鈴閣餘閒左圖右史吐握下賢赤舃几几門多珠履之賓座滿縫掖之士同雅歌于祭遵等輕裘于叔子今既肅于秋霜心復澄于止水彼烟閣與雲臺知姓名之永紀備揉風于輶軒詞罔逃于下里乃歌曰嗟滄海兮噴狂濤蛟龍鬬兮虎豹嗥兵車絡繹兮饋餉勞悲中澤兮聲嗷嗷孰提師兮奮旌旄麾霓虹兮製寶刀淬龍泉兮鷿鵜膏入蛟宮兮斬毒鼇斬毒鼇兮奠滄海吁嗟偉烈兮斗漢爭高

臺灣賦

巡道　高拱乾

繄洪荒之未闢兮含混沌而茫茫迨河山之既奠兮爰畫野而分疆裂九州而成天下兮誰不知乎海之爲百谷王維禹功之所不及兮遂棄之于莽莽而蒼蒼一自地借牛皮謀成鬼伎斷髮裸身雕題黑齒營赤嵌之孤城築安平之堅壘隱樓櫓于鯤身爇火攻于鹿耳貿易徧于三州資生憑乎一水藉三保而標名兮致懷一以不軌哀商賈之何辜兮聚魂魄于蒿里嗣是荷蘭煽虐天贊成功鹿耳潮

漲淪窟戍空時移事去兵盡矢窮竄餘生而歸國兮遂此地爲蛟宮非天心之助逆兮蓋刼運之未終不謂寇我疆埸焚我保聚時乘無備而肆其鴟張或因不虞而資其竊取收亡命于淮南兮聚無良于水滸民不聊生

王赫斯怒咨左右之夔龍率東南之熊虎定百計以安瀾兮果一戰而納土于焉擴四千載之洪濛建億萬年之都邑風旣變爲新裁俗亦除其舊習文武和衷干戈載戢誰肆志以行吟豈有懷而靡及若夫狂瀾旣倒海若呈奇一時琥珀萬頃琉璃情渺渺焉孤往天青青兮四垂風輕兮水面雲淡兮山眉卽孤臣與孽子亦撫掌而忘機至于輝璧耀

奎陰陽分位月白飛銀空明揑翠乘舴艋兮小舟結金蘭兮同志玉樹兮三章青州兮一醉實自幸世外之有身誰復疑此間之無地又若山山含紫樹樹青凝層巒疊嶂載月披星或瓊飛而皓皓或體潔而盈盈時微雲以肆抹忽巧鳥兮一聲懷高崗兮彩鳳鬪此地兮仙靈羞應接而不暇又何讓乎山陰爾乃石尤乍起馬首長驅雷鳴海底霧失天隅濤欲皇而山立浪怒激而箭趨驚聞聲爲飛礮訝入眼而墜珠乾坤兮雲狗風水兮人魚則惟有寄餘生于泡影誰復望覩息乎斯須若乃水土無情番夷裸處旣慣狎鷗誰傷碩鼠雖敬老而尊

賢奈輕男而重女富賽懸壺糧無宿貯圍尺布之蒙蒙謂衣裳之楚楚蛇目蜂腰雀行鳥語乃至鰕鬚百丈鰌骨千尋貝文似鳳魚首如人大黿之壽三萬歲蝴蝶之重八十斤非此邦之物產葢在乎南海之濱又如蜃樓縹緲海市高低碧雲擁口滄海爲梯光從定後圓始天躋非此邦之風景又在乎東海之青齊更或橋邊鼇沽別淚如珠山頭劍舉雪城爲墟飛女仙之一石起刺史于沾濡扶紅裳之魚女使之迺于沮洳而茲邦又無此怪異或見之于洞庭湖噫嘻戸滿蔗漿兮人藝五穀地走風沙兮羣遊麋鹿厭五畝之宅而不樹桑兮任三家之村而亦植竹道無遠近兮肇牽車牛人無老幼兮衣帛食肉惟占籍而半爲閩人兮故敦厚亦漸而成俗若欲盡寫夫杳渺之離奇兮恐或見嗤夫齊莊而端肅即飲食亦平易而無奇兮原未足以窮夫人間之水陸惟

聖世而能破夫天荒兮幸滄溟而亦擴其地軸撊管而賦其物情兮用以佐夫大風之一曲亂曰秋風起兮楓木丹天地閉兮荷始攤燠多寒少兮厥民析雷轟海發兮響空山爲王尊兮應叱馭爲王陽兮心一酸于山則見太行之險于路則見蜀道之難于海道之難上難險上險普天之下望洋興嘆者吾知其無以過乎臺灣

臺灣賦

進士　王必昌

緲瀛海于鴻濛環九州而莫窮覽形勝于臺郡乃屹立乎海中叢岡鎖翠巨浸浮空南抵馬磯北發雞籠綿亘二千餘里誠泱泱兮大風爾其莅東寧扼安平鯤身蟬聯而左抱鹿耳蟠轉以右迴沙線沉嶕迴紫瀾于曲港雷硍擺浪撼赤嵌之孤城則瞿塘之峽不足擬又何論乎蜀道與大行若夫市肆塡咽阡陌縱橫泉漳數郡資粟粒之運濟錦蓋諸州分蔗漿之餘贏蚕蛤魚鹽在在殷裕瓜茄薑芥種種早生實海邦之膏壤宜財賦之豐盈溯夫天造草昧遐裔荒墟南北土酋穴處巢居迨有明之宣德遣中官以乘桴遭風偶泊始識其途嗣是以後狡焉啟疆實繁有徒曾一本竊據于澎島林道乾勾致夫倭奴繼以思齊之嘯聚

荷蘭之詭圖洎乎鄭氏乃凌險而負嵎建僞官開方鎮萃濱海之逃逋因利乘便順風長驅啗七郡破潮粵犯溫台掠東吳毒燄所熾沿海焦枯能蹲四世虎視方隅維我

仁廟　皇靈震疊命將專征克殲讐慴遂按圖而設版復定賦而計甲闢四千載之方輿安億萬姓于畚鍤慶文教之誕敷羣入學而鼓篋或輓車而騎牛或操舟而理楫重洋開渡舸艦帆聯樂土興歌人民踵接蓋茲邦之廣衍兼四省而延袤作南服之藩籬擅一方之奇秀其山則雁龍省會五虎門東沿江入海徑渡關潼突起雞嶼崚嶒巃嵷過南嵌蠡龜崙烟霏霧結繡錯雲屯大武雙高而作鎮木崗特立而稱尊更有巍峨瑩徹如冰如雪是名玉山奇幻

特絕隨霽色而偶呈倏雲封而變滅若其磅礴蜿蜒駢羅連蜷或如黿龍浮游于海上或如鸞鳳軒翥于天邊數六六之羣島盻九九之危巔非人跡所能遍亦山經所未鐫其水則原泉百泒自東徂西九十九道之溜二十八重之溪極瀠廻以紆折迨放海而皆齊滮滮淺淺瀦澤渟淵汨汨涓涓疏畎距川大甲大安大肚之深廣蚊港笨港東港之洄漩海翁窟風高浪湧虎尾溪水湍沙濺況黑港與白洋更譎怪之萬千他如蛤仔難之產金寒潭難入毛少翁之產磺沸土重煎赤山著木而烟起火山徹夜而光燃大崗絕巘綴纍纍之牡蠣外海異香浮梟梟之龍涎山朝支麓溫泉沸鑊水沙連嶼藉草浮田茄荖綱石湖穿海八里

坌月窟湧泉又若鐵劍插于樹間十圍連抱藤橋懸于木杪一線遙牽皆紀載之所未曾編乃林有鸛而無鶴山有豹而無虎走獸飛禽蕃有茲土畫眉鸜鵒以白見珍彩囊翟雉其文足取鳩候氣而鳴六雞應時而稱五倒掛夜棲獮飛雷舞麞麂祁祁麋鹿麌麌暨山馬與野牛各成羣而相伍若夫蠕喙之屬固難備舉風氣之殊亦可附著蟬未夏而先鳴燕經秋而不去訝蜥蜴之有聲悵鸜哥之不語蛩唧唧以夜吟竟四時之無序感物類而躊躇忽愴懷于羈旅乃其海物惟錯獨為充斤難悉厥名畧辨其色則鯔烏鯉紅鰆紫鯧白赤海金精烏頰黃翼青鯶投火烏鰂噴墨錦魴花鯰金梭如織又有香螺花蛤鬼蝌虎鯊白蟶塗

魠麻虱龍鰕臺澎所產厥味多佳既漁于水亦樵于山楠筍始生而合抱蕭朗高大而團螺屬野番所盤踞惜運致之維艱至若山荔埔柿土杉水松赤鱗黃目交標九芎番樹白樹之植森雜出于中山猴栗象齒屋材最美蒜茶娑羅名狀俱詭見鐵樹之開花愛仙芝之有子烏栽頻取以薪蒸綠玉遍插于庭砌竹凡數種刺竹密比石竹長枝箭竹如矢麻竹柔脆琴竹紋理卉木之花色色鬪妍荷開獻歲菊吐迎年桐繞春城而布錦梅放午天而擲錢繡毬攢簇素馨蔓延貝葉之稱疑假曇花之種番傳番茉莉移來異域七里香辟除瘴烟扶桑本出于東海水仙名託于臺員厥艸惟夭半是藥苗先春而發凌冬不凋惟內地之所

稀爰遍訪夫芻蕘木藤代韋而堅韌通草作花而妖嬈葉張七弦聊充耳目之玩蘆開一捻可卜颶颶之飈更有番茶作飲白麴為醪鹵草洗齒茜草漬毛羞草含羞荖草老饕若其刈莞蒲以織席編絲茅而索綯羣居萃處曾無慮風雨之漂搖果蓏之實別種非一番檨熟于盛夏西瓜獻于元旦牙蕉于結數層鳳梨香聞滿室若菩提果波羅蜜釋迦果金鈴橘尤中土所罕見而莫悉厥有檳榔生此遐方雜椰子而間栽夾扶留以代糧饑餐飽嚼分咀共嘗婚姻飾之以成禮詬誶得之而輒忘為領畧其滋味殆恍惚夫醉鄉爰稽習尚競事侈靡土沃民逸大抵如是逐末既多本務漸弛工緘繡而棄枲菅輕菽粟而艷羅綺羣尚巫

而好鬼每徵歌而角技思易俗以移風賴當途之經理蔣集公績懋撫綏陳淸端澤流遐邇茹冰檗以率屬則林葛山之操履持玉尺以衡材則夏鈞莊之造士又或留心風物雅意典章孫司馬揮毫珠玉表司訓積書宮牆皆有造于斯土稱　盛世之循良若乃儋衣作賦沈文開萍踪坎坷蝶夢名亭李正靑塵緣參破骨寓公之淸標足廉頑而立懦況寧靖之閨室偕殉陳丑之傷親自沉永華之女懸帛柩側績順之配受帶堂陰當　王化之將暨忠孝節義已大著于人心故前有謝烽之妻矢死從一繼有方壠之婦受迫不淫自是以來志載如林寧止五妃之墓宜表五忠之祠足欽載考番俗約畧可紀罔識歲時弗知甲子以

月圓爲一月以稻稔爲一祀僅有生名從無姓氏贅壻爲嗣隨婦行止凡樵汲與耕穫屬女流之所理乃其少長相遭則側立以俟老病無依則相率周視比屋親暱或庶幾乎仁里而其編藤束腰展足鬥捷貫耳刺唇文身爲俠聽鳥音而卜出佩大匏以利涉偶細故之睚眦驚野性之不帖乘醉抽刀斷脰穿脇復有傀儡生番鮮食茹血蒙頭露目手持寸鐵伏林莽以伺人賽髑髏而稱傑且聞遠社番婦能作咒詛犯之即死解之即蘇喝石能走試林立枯傳疑之語豈其然乎近郭熟番漸知禮制童子入學亦解文藝壯者服役奔走更替頻混沌之未鑿尚眞率而無僞伊昔吳越當周之時猶稱南夷即在吾閩値漢之世亦屬蠻

齋既歸版圖遂號名都剏臺灣之疆域擅九土之奧區高原下隰昀昀膴膴飲食往來衎衎于于合閩南與粵北旨厲禁以爭趨保聚教誨亟藉良謨旨黎守潮子厚守柳風行草偃何需遲久如彼荆州亦在島上文莊忠介後先相望苟氣習之不拘豈人地之可量顧其地時震而海常吼論者僉曰驚濤之溢湧幾視斯壤若等于浮漚不知地廣而厚海深而幽其震其吼蓋陽氣不舒陰氣有餘之所由惟開闢之未幾故節宣之未周方今風會宏敞　聖治廣被久道化成百昌咸遂海不揚波地奠其位馬圖器車物華呈瑞人傑應運而齊出矣謹就見聞按圖記輯俚詞資多識愧研練之無才兼採摭之未備聊敷陳夫土風用附登于邑志

臺山賦

邑恩貢生　張從政

矚崔巍之駢列兮緊東南之保障凌滄波而突屼兮爰作鎮夫臺陽脈固發于閩嶠勢自成其巃嵸螻蜒蛇蛻北起雞籠之隈迢遞蟬聯南盡馬磯之磄九十九峰凌雲霄而聳翠三十六島羅星宿于汪洋試爲綜首尾之橫亘兮道里二千合遠近而僕數兮陵阜萬億岋嶪參差嵑嶙盤仄荆榛翳蕪非靈運所能尋石壘嵯峨豈東山之可陟若夫羣巘倚伏衆岫控拖岧嶢嶮巇嵱嵷岝崿既轟軒而特拔亦次第而摺襞經村落擁市郭高低迷離重疊靡隙則有龜文遙應于鳳彈猴洞遠望夫馬千南傴老佛之境羅漢

觀音之巒或生火而長赤或滾水而沸乾風吹不動兮旗
尾雨打無聲兮鼓山大岡側臥疑仙人之尸解半屏中斷
似巨靈之手擗登龜山兮一瞥顧風景兮四徹挹羣峰之
秀整喜地靈而人傑此南方之形勝洵昭然其可揭乃若
烟拖玉案霧籠石門青巒矗矗出三台而布置綠嶂層層
聳木岡而稱尊瞻玉山兮雲迷盼寶嶼兮雪積雞城雉堞
溯建築于紅夷石筍旗竿定標準于海船從此而一葦徑
渡片帆遠適觀榕城于目下見三山于咫尺則北路之奇
峭亦足稱今而誇昔別有內山荒島獠窟蛟宮瘴氛駭目
陰氣蔽空日未曛而露滴雲乍起而雨濛于是仰觀絕頂
窮探邃嶁生番蹲踞沿山前後兇頑狡狠嗜殺善走種類

不一各立土酋棲息于嶆[illegible]之隈往來乎嶋崵之陡或交
易而相招或梗化而難狃吸腥衣毛如在葛天之世匿崕
藏穴何知伏波之糾但見歸林之鳥翻飛而迅疾緣木之
猨連臂而攀搓鹿麞狡猊牝牡交匹翟雉鶺鴒雌雄羣萃
奇獸珍禽多爾雅所未箋嘉樹雜植更山經所難述時而
氣和風暖極目晴岡野花爛漫而獻錦羣葉葳蕤而散芳
蒼崖懸溜挂千條之瀑布寒谷生春綴萬朶之紅粧斯阿
映所以不返而郄詵于焉停轜時而歌奏解愠興發遙岑
輕霏散而卉木森重靄合而巖巒深古洞納涼石室藏陰
鸞鳴午囀時聞叔夜之嘯蟬吟空谷恍操伯牙之琴時而
金風飄兮瑟瑟白露溥兮泠泠長天雲斂遠岫烟凝蛩聲

喧落木之野猿啼徹山戍之營慝幽閨之長恨動遷客之離情時而陰飈盛兮綺鼻嚴氣凝兮裂唇千巘呈碧萬壑堆銀凍碧凋之潺湲露白石之嶙峋淚步兵兮滿袖泣楊子兮沾巾緬時序之遷流兮見風物之轉徙雜盛世之休嘉兮器車出于崐崙聞飛龍之有神兮世咸沐其沾被降時雨而興雲兮實山靈之錫祉仰艮止之不遷兮宜千秋而禋祀爲海東之砥柱兮亘萬古而永峙

臺灣賦

臺灣舉人陳輝

乾坤闢而坎位定二氣合而水德成睠茲臺海涵濶潄清泋瀜沆瀁淼漫渟泓洪濤噴薄浸鯤身而浮澎島洄漩曲折入鹿耳而滙安平灌百川而弗溢注萬壑而不盈爾其

激浪湧波爲潮爲汐藏蛟螭于深溝隱黿鼉于巨宅其遥也望之而愈杳其廣也量之而莫畫既地勢之偏頗歎神州之遼隔蓋禹功所不及敘章亥所弗能核迨夫交趾之石一鑿甘棠之港遂融昔在版圖以外今歸邦域之中東寧啟宇鄒魯成風憑一葦之所届乃無遠而弗通南連廣粵北接齊吳歷錦蓋涉遼都藉片帆以利濟取水道爲使途于是賈人遊客飛艇揚舲發鷺島渡重洋或候風期而停棹于西嶼之滸或隨潮信而齊泊乎赤嵌之旁萃諸州之珍貨遷本土之稻糖既車書之一統何彼界與此疆則有瀛壖蛋戶世外自別依船爲家販海作歡任風波兮去來布漁火兮明滅施罾罟于鷺洲投絲緡于蠡穴生斯長

斯兮自劫至耋爾乃探龍宮數水族卵育胎生細肌豐肉鹽堪作鮝鮮可佐殽小者若蟻封大者若陵谷奮鬣兮門風噴沫兮飛瀑乘怒潮以上下倒狂瀾而伸縮乃其怪形奇類種種堪嗔角燕拖舟僧魚似人虎蛟擺浪龍鯉吞輪常衝突乎黑水時漂泳于澎津別有洿汊斷港葭葦蒼深輕鷗忘機而翔集振鷺脩儀而來臨游戲乎廣淵之浦棲宿于浮嶼之岑物色兮生意徙倚兮行吟若夫玉宇方澄冰輪乍陟石尤歛聲馮夷屏息飛白銀兮波光萬里濯素練兮水天一色泛輕舠于鏡中發清歌于舷側覺宇宙之甚寬恣遨遊于八極如或海若奮威天吳作祟驅罔象舞

贔屓雪濤四起兮莽縱橫以紛飛濁浪千層兮排長空而恣肆聲裂百丈之冰崖勢奔萬匹之鐵騎甌島嶼兮若崩湫樓船兮將墜冐巨險以往來仗忠信而無僞值鯨波之不作兮識放勳之賡被慶安瀾之若茲兮念端居之可恥告飛廉以先驅兮吾將展宗慤之素志果舟楫之具備兮若濟巨川自今以始

海吼賦　巡臺御史　張湄

環臺皆海也自夏徂秋颶風屢作驚濤盜漏雷响電焯擊于鯤身厥聲迴薄遠近相聞莫不錯愕主人索居海濱形隻影寡潦積庭階雨昏燭灺起坐聽之晝夜不舍惝然罔然若置身曠埌之野有難予爲懷者乃作海吼之賦其辭曰

繄天風之欲怒作地氣以先聲通呼吸而互應混上下而捐成斜景翳其晝伏斷虹䙰以宵横帆檣集鳥沙磧淩城鯨甲振厲鵬翼長征風摶九萬兮扶搖直上水激三千兮不平則鳴爾乃炎蒸絺葛潤逼柱礎海若頻驚石尤頓阻獰飈颯颯以廻涼怪雨淫淫而去暑蕭梢林木聳萬壑之秋聲破碎虛空競千村之社鼓其爲壯也輘轊四起蕩潏八垠冰崖崩裂鐵騎羣奔擬金鏞于山谷擺雷碾于乾坤其爲駭也黿鼉驅遻贔屭連屯天吳奮以叫號罔象詭以遊巡鬥饞蛟而水立哮虓虎而林昏于是經旬陰曀徹夜喧豗淵宫久閟貝闕沉埋飛澇霧積峻湍山頹嗟樓船之屑沒絕商旅之往來淼淼龍津浮萍蹤其何託啾啾鬼哭

出魚腹而與哀則有域外孤臣天涯羈客長簟淒其短檠蕭索枕繞瀑雷牕縈濤雪悵落葉于姑波感吟蟲于將夕愁泛宅之杳茫憶弄潮之夙昔徒撫影而徘徊或隨聲而嘆咑爲之歌曰風澌瀝兮動羅幃雨淋浪兮暑氣微長鯨吼兮水四圍夢魂驚兮不可歸望無極兮音塵稀指故園兮孤雲飛

駢體

平臺灣序　　沈光文

臺灣退島赤嵌孤城門名鹿耳鎮號安平未入九州之分野星應牛女同躔不載中國之輿圖地與琉球接境自有天地生此人民粤若洪荒擴斯世界長亘兩粤之前屹立

蠢動無聞其地之近者南社二林新港蕭壠目加溜灣到咯喝麻豆大武壠諸羅山其地之遠者阿里山奇冷岸打猫社大居佛他里霧猴悶柴裡斗六西螺東螺麻芝干馬芝遴大突半線大肚亞東大武郡南北投牛罵猫霧捒蓬山大傑巔加六堂小琉球甲南覓新港仔竹塹南嵌雞籠淡水里有文賢仁和永寧新昌仁德依仁崇德長治維新嘉祥仁壽武定廣儲保大新豐歸仁長興永康永豐新化永定善化感化開化諸里坊有東安西定寧南鎮北四坊承天爲舊設之府東寧乃新建之名嶺後嶺前閭閻接地舊渡新渡舸艦聯雲彼海澨之風雖殊而性善之理則一由是首崇文廟次葺祠宮歲脩禋祀時奉壇壝因暫從乎

其鄉且適合乎其野種竹以爲牆葺茅以爲屋漁樵樂業耕稼乘時駕津梁於二贊之間溪深緩步屯竹木於大月之港路仄安行鯽魚潭可饒千金之利打鼓灣能生三倍之財曝海水以爲鹽爇山材而爲炭觀音山疑是落伽分瓜鑿塹竹想從淇澳移來北線尾夜靜潮平月沉水鏡下港岡春明谷秀樹綴紅粧中樓仔環縝輕烟桶盤棧低縈淺霧諸羅山臺北崇關似經巨靈之手直劈半邊鹿耳門海中要地如戴高士之巾微有折角鳳山葱鬱層巒疑丹鳳之形猴悶峪嶺疊嶂穿獮猴之穴七鯤身結萬山之脈三茅港滙湍水之宗洋則分大鄉小鄉岡則有上港中港月眉池既標美號鳳尾橋更著嘉名赤山仔色燦丹霞烏

樹林茂揺青浦大橋居首而近郭竹滬處遠而在南東番社山藏金礦下淡水地產硫黃陰峯突聳雲霄盛夏寒留積雪陽谷宛含煜燿三冬凌若長春至於山培樑棟之材谿弱芝蘭之秀楩楠可以支厦梁棠足以成舟薪蒸滿谷松藤在林榕陰蔽日芷馥盈汀梓栗之樹更多橘柚之園甚廣西瓜蒔於圃者如斗甘蔗毓於坡者如菘瓠蘆彷彿懸瓠薏苡依稀編琲樸樺異味椰瀝奇漿龍眼較庚嶺尤佳荔枝比清漳不牙枕榔孤樹華菱叢株檳榔木直榦叅天質簹竹到根生刺天桃四時皆灼芳梅五臘咸香沼浮荷而經年豔豔菊繞徑而累月芬芬茉莉編籬芙蓉揷障來麰早熟番薯遲收黍秫陽陸稷植雲疇荳分夏白秋白

穀區埔黏秧黏蹲鴟掘以療饑黃梨熟以解渴萊種不一藥類還多獸則麋鹿成羣而虎狼絕跡禽則鷹鳥逐隊而鴻鴈靡翔龍潛邃壑黿息深潭大滬之鰷鰡鰋鯉昕夕烹鮮小塭之鮐䱜鯉鱘富貧恆饌海上之鱗未能枚舉潮中之介難以名稱網捕土魟鈎引海翁淮南之鬭虎未是稀聞溫嶠之燃犀猶爲淺見珊瑚玳瑁購之雖易而取之亦難貝錦珠璣小者恆多而大者實少及言乎其俗也濱海之家大約捕魚依山之族惟知逐鹿伏臘歲時徙衿末節冠婚喪祭爭好虛文病則求神而勿藥巫覡如狂貧則爲盜而忘身豺狼肆毒孌童若女傅粉塗朱少婦常耕蓬頭跣足及言乎其性也慈祥愷悌先天似未生來禮讓謙恭

後進何知力學有勢而父子方親多財而兄弟乃熱情雖未善人孰無良考乎其尚也鬭雞走狗撾鼓吹簫俳優謔長夜之聲琵琶譜娛心之曲綺襦紈袴炫五彩之衣裳公孫蹩躠顚覆荒湛造中山之麴蘖高允攢眉習尚雖殊風教可一考乎其候也一天澄徹四序清和暑無揮汗之淋漓寒無裂膚之凛烈入夏定雷霆而經秋始隸浮雲山氣燠而難蟄海風飄而罕鵲若地則無時而不動若山則無日而不青氣候不齊疫癘常作至於幅幀之廣大也道里之延袤也南路通計五百三十里其詳則起自赤嵌城南行一百四十里赤山仔八十里上淡水二十里下淡水十五里力力社十五里茄藤社六十里放縤社八十里落加

堂一百一十里瑯璚北路通計二千三百一十五里其詳則起自赤嵌城北行四十里新港社五十里麻豆社九十里諸羅山一百里他里霧一百二十里大武郡六十里半線一百一十里水里社三百里大甲社一百四十里房里社一百三十里吞霄社一百三十里後壠社二十里新港仔四十里中港仔一百里竹塹社二十里眩眩社二百里南嵌八十里八里坌社過江十五里淡水城三十里奇抱竈崙社六十里內雞州六十里大屯社四十里小雞籠跳石一百五十里金包里外社十里金包里內社跳石二百里雞籠頭過江二十里雞籠城以外無路可行亦無垵澳可泊船隻惟候夏月風靜用小船沿海墘而行一日至山

朝社三日至蛤仔難三日至哆囉嘓三日至直腳宜以外
則人跡不到矣是則臺灣一島其幅幀道里如此其民情
土俗如此其山川出產又如此苟革而於
天朝傾心於正化豈非蠻荒膏壤詎禍心不悛戾氣嘗橫
天理昧而不知人事違而強作恃此彈丸黑子之區浪作
窺天測海之想屢侵潮惠頻犯漳泉螳臂當車良足嘆也
乳犬搏虎實可悲耳壬寅年成功物故鄭錦僭王附會者
言多諂媚逢迎者事盡更張般樂之事日萌奢侈之情無
饜橫徵浪費割肉醫瘡峻法嚴刑塹川弭謗主計者所用
非所養矣所養非所用矣世風日下人事潛移甲寅之會
不觀時勢輒欲猖狂八千子弟既非訓練之師三五幺麼

詎是運籌之客庚申二月全軍覆沒埋首臺灣舉國驚疑
延頸內地加之以旱魃而米珠薪桂地震而川竭山崩芒
芒黎庶已不聊生辛酉鄭經奄逝齊桓橫尸而未殮繆嬴
抱子以號廷顛齡欽舍正直監國嬌揜西廊穉孺克塽齠
齔稱藩妄尊東殿福建總制姚少保偵知陰事密請南征
先行秘劄暗通內應之關繼遷飛廬大建
天威之討兩提九鎮會議溫陵巨艦長艨進屯鷺島
朝廷廟謨宏遠勝算周詳特簡提督將軍侯施琅督理舟
師專征海宇將軍六韜練達三略精微海國形勢素燭于
胸中島嶼畛畦久運于掌上三年習戰惟乘一日之機百
討求賢盡獲爭先之士康熙二十二年歲在癸亥六月十

四日銅山開駕十五日進兵八罩澳十六日薄伐澎湖部曲虔劉三奇合戰縱橫轉鬬七變回䑸十七日舟停八罩澳十八日進取虎井桶盤嶼克之十九日將軍私乘觧艇暗渡汪洋親觀壁壘遍察機宜賊衆星羅碁布魚麗蜂屯將挨鈹而莫及欲鞭腹以云難二十日二十一日將軍紼維閒寂鈞令森嚴誓師以決勝而後行直效淮陰背水鞠旅必合權而後動遂同祖逖凌江二十二日分兵進勦東畔直入雞籠與西畔直入牛心灣中央大船分為八陣一陣三疊將軍調度居中萬頃聽提枹之鼓徂征首出于檣開浴日之波其左則興化鎮吳英金門鎮陳龍銅山鎮陳昌其右則平陽鎮朱天貴海壇鎮林賢廈門鎮楊嘉瑞提

標中軍羅士鈐錯綜黃石蘊藉陰符策定於樽俎之間蛟騰霄漢謀合於孫吳之訣鵬舉扶搖履險如夷泛渤澥之蒼茫逍遥止水滅此朝食振嘽焞之武畧剪㒒妖氛海衆分駕砲船趕繒洋船鳥船四百餘隻蠭起前來其洋船鳥船之大也動載以萬斛計其砲船趕繒船之小也亦載以數千斛計船頭安紅夷銅砲一位重輕不等巨細難量十尺未為至大百鈞却止尋常南邊發碩砲二十餘門鹿銃二百餘門舳艫相接火矢交衝烟似昏霾既風驚於塚蹟鏑如落葉更箭重以飄零自辰至申戮力攻殺士踶敢死之心將奮先登之志擊沉賊砲船八隻焚燬鳥船三十六隻趕繒船六十七隻洋船五隻火船因風迅發燒海鳥

船趕繒船三隻其餘船隻畏火分散漂泊無踪兇黨披靡
左右失支吾之序榜人委頓參差淆進退之方自焚砲船
九隻鳥船十二隻因挽獲賊鳥船二隻趕繒船八隻雙蓬
船二十五隻焚殺偽將軍二員總督統領提督總鎮先鋒
四十七員協營翼將大小等官三百餘員賊夥一萬二千
餘衆偽武平侯劉國軒乘小快船從吼門而遁其在山偽
將軍提督并大小等官一百六十五員俱帶衆投降矣交
鋒之際平陽鎮總兵官朱天貴被傷陣亡水陸官兵陣亡
者三百二十九員名執鋭披堅未斬鯨鯢而獻馘獨飛電
掣先蒙矢石而捐軀帶傷者一千八百餘員名拔矢啖睛
夏將軍之勇也敷瘡刮骨關壯繆其神哉當年赤壁之兵

乾坤變色然江流夾岸相隔非遥疇昔鄱陽之戰今古驚
魂然湖水微波能高幾許是澎湖之役也殆皆天授夫豈
人謀粵稽往古澎湖六月未飄五日之和風遍訪居民斥
鹵甲塗罔汲千人之淡水樓船濟濟鎧甲鱗鱗九日洋中
風催後軸八旬島上麓潟甘泉豈非地轉而將善也海歸
一統之洪圖故得天靈而效順也民實
皇清之赤子劉國軒雖稱海將却善知機鄭克塽乃在童
年幡然幹蠱軒奉書函敬曰澎湖之役固知天命塽投印
象虔云臺灣之衆惟願歸誠將軍繕密奏之章具聞其事
皇帝沛好生之德即允其行官則仍歸錄用兵則悉任歸
農八月十三日將軍侯旌懸赤嵌雷震安平宏宣授鉞之

盛廓清蟻穴暫定三章之約循拊鴻哀白叟黃童方欣舜日男耕女織始慶堯年巽巽異地之離人言歸桑梓蚩蚩沿山之土著悉奉章程民無湯火之憂血氣遍通於鬼國地入版圖之籍車書遐逮於蠻陬里南覓七十二社直腳宣三十六番羊之質虎之皮委毦稽顙人之向獸之心次第輸賓於是立府立縣治茲黔首設道設鎮釐爾東方唐韓愈之治潮陽愚頑講學漢文翁之守巴蜀巷伯興歌從此闡明文教媲美名區是一十四省之外再加外海於五十七縣之中又增三邑自古以來山河之廣遠疆域之遼濶未有如今日者也猗歟盛哉猗歟盛哉

聖天子在上海不揚波德其溥矣大將軍柔遠重譯來歸功實懋焉

客問 大條　　諸羅令 季麒光 無錫人

僭號承天東寧錫字乾坤東港華嚴南島近接澎湖遙分哈喇荷蘭起之琉球倚之北憑甌閩西距交廣屬揚州之分隸女虛之躔外環大海雲漲煙平內阻重山沙迷霧列中有平原可耕可牧瀚水長連崑流交峙呂宋之估䑸時集日本之夷船常通南澳銅山風檣可接海壇東埔飛蓋直前鼓龍蜃咽兒豕鯨鯢隱隱沄沄流流卷卷過雲愁風轟雷遁雨故海山之僻壤亦宇宙之奧區木岡大岡以分南北前崙後嶺以界東西鹿耳當海外之咽喉半線為內山之鎖鑰鳳山則葱鬱宏開猴悶則離奇

盤結赤山烏山上港中港鉤嬰撐突攫搏呷呀至若斗六門攀綠鳥道傀儡山曲折羊腸觀音志如來之勝蜻鬼仔實魑魅之淵藪草目瑯嶠迤南巨嶂雞籠竹塹極北重関奇嶺之雪峰萬仞南日之烟嶂千尋大武壠大傑巔小琉球小雙寮皆疊岫參差連岡摵戞阿猴林障蔽頑番哆囉嘓交蟠遠社龜佛龜崙雙標天半猫羅猫霧捒峙雲中雞心石門蓬山後壠重洋底柱攫浪搏潮覷闞蹀尸當者失據

東寧之地惟水是衛淡水江北注之津梁濁水溪南來之門戶鹿耳門衝突海口大線頭高據沙洋雞籠城下颿指閩安琉球社外舟通呂宋至如北線尾中樓仔夜靜潮平海翁窟歐汪溪春明浪秀鼓港笨港新港後港竹滬三林

或依山回沍胥沒騰流或聚石奔衝昂澎浦溢千里雷馳萬潮雪湧七鯤身毗連環護三茅港滙聚澄泓路分東渡西渡洋別大鄉小鄉鯽魚潭打鼓灣漁舟雲集洲仔尾瀨口港鹽格星屯扼其要可以制患資其利可以裕民

鹿之生也或斑而文或黧而黝忽散忽聚乍往乍來於是弓矢殪之鏢棚摋之罟穽伏之鉛礮擊之肉堪調簋角則成膠皮毛稛載外洋是資牛之來也千百爲羣憑淩谿谷聚飲則涓源爲涸迴食則蔓草皆赭閑以圍槱制以鉤盾百步就羈以耕以駕至乃犬能攫羆羊可矯羨朝飛之雉倚草棲林夜嘯之猿依山緣木豹文隱霧兎窟藏烟若夫

大繒斷流脩縺橫海魛鯧鱷鯉螺蛤蚶蟳蜣青蜆之屬截
白龜之皮搜龍籍羅屬府莫不布雕俎就鬻切具摻五味
腥膏饜飫

重山之中產有異材工師操斧匠氏持柯楠榕杉樟桑柏
槐柳莫不枝覆層岡幹依連麓舒目而望之青茅白葦紫
槀蒼蘆鬱若深林叢如列幛代瓦以覆易牆以圍至如檨
柚之茂葉翳日檳榔之脩榦參雲蕉擅緣天荔垂朱實山
則不童地鮮不毛土之良也

墳壚斥鹵五穀是滋以稼則蕃以種則碩水耕火耨不營
而足上地可七下地可三宜秔宜稻宜菽宜稷禾秫赤秫
早占晚占秬黍蘆黍紅秈白秈豆分黃綠麥別大小莫不
纍纍淋淋顆顆的的既簍滿篝汙邪滿車黃雲紅玉相積
陳陳於是牛馬運之舟航載之以徵以貢和鈞兵卒家有
稼穡之利人有作甘之用

孫司馬元衡赤嵌集序　翰林院編脩　萬　經　鄞縣人

中原地盡媧皇之補無功絕島天浮精衛之填奚術沃焦
暘谷茫茫蜃市蛟宮弱水扶桑汎汎蜑人龍戶田橫已逝
血積蠻花徐福不歸啼闘瘴鳥荅臺灣郡者歷代聲敎所
不通前王版圖所未隸也

聖朝化行率土威被無垠鑿溟涬之乾坤雕題入貢闢鴻濛之日月
卉服來王城列赤嵌官紆黃紱則有龍眠才子孫楚名流岸幘澎湖
諭裸邦以禮樂揚舲浯嶼變斥鹵為桑田而乃蘋畝勸農之餘偏工

體物棠陰聽訟之下不廢緣情渺眾慮以爲言揮八極而成韻華詞璀璨擷珊瑚之千枝異采焜煌落鮫珠之百顆是則潁川渤海儒術斐然開府參軍風流卓絕矣豈若鬼園挾冊者謀吏治而迂疎鳳尾批箋者薄聲詩爲小道也哉且夫夸陳山海縱壯浪而難工雕飾禽魚毋形容而易俚若其留不盡之響於言外狀難名之景於目前大言小言亦騷亦雅倒天潢而屈注百谷皆鳴持月斧作文斤五兵非利耳悽目駭性寂情移將使子厚柳州未足記其巧坡公海外無以喻其奇此赤嵌詩集爲人間未有之書而漁洋先生有創獲必傳之語也嗟乎吟篋隨身錦囊貯句苟非好事未易言懷至於挂席隨雲乘風破浪問程孤往

歷島樹之迷離擊楫還歸與鷁帆而上下鯤魚夜吼則山鬼輟吟颶毋朝飜則爰居屏跡鐵沙排劍廻車九折非難針路飄萍擊水千盤似夢而使君乃柁樓舒嘯官閣援毫海月鑒其咿唔天風助其激盪捧雨色動不數木華賦海之章掩卷神飛勝讀郭璞遊仙之句感瓊瑤之投贈媿椽秕之欽揚宜播雞林共貽鷺羽

詩一

題澎湖嶼

唐　施肩吾

腥臊海邊多鬼市島夷居處無鄉里黑皮年少學採珠手把生犀照鹹水

普陀幻住菴

磬聲飄出半林間中有茅菴隱白雲幾樹秋聲虛檻度數竿清影碧窗分閒僧煮茗能留客野鳥吟松獨遠羣此日已將塵世隔逃禪漫學誦經文

感憶

暫將一葦向東溟來往隨波總未寧忽見游雲歸別塢又看飛雁落前汀夢中尚有嬌兒女燈下惟餘瘦影形苦趣不堪重記憶臨晨獨眺遠山青

贈友人歸武林

邦有機緣在相逢意氣同來看雲起處共話月明中去去程何遠悠悠思不窮錢塘江上水直與海潮通

望月

望月家千里懷人水一灣自當安蹇劣用韋應物句常有好容顏用陶潛句余常書作聯因用之旅況不如意衡門亦早關每逢北來客借問幾時還

歸望

歸望頻年阻徒歡夢舞斑在原嗟鳥散杖策效鱗攀鏡裡頭多白風前淚積殷用堅饑餒志壯士久無顏

偶成

最是貧來齷迹宜强爭枘鑿竟忘癡客窗詩苦囊兼澁旅夢春濃老不知失意無成知得少灰心已久望燃疑生嫌豈獨劉惔妹難笑東山掩鼻時

骨則通久病以詩問之

子固今能詩恨其多病耳豈疑聖人徒乃踵吾家美買藥則無錢受餓偏不死揮毫但苦吟應卽霍然矣

夕飧不給戲成

難道夷齊餓一家蕭然羣坐看晴霞煉成五色奚堪煑醉羡中山不易睞秋到加餐憑素字更深吸露飽空華明朝待汲溪頭水掃葉烹來且吃茶

巳亥除夕

年年送窮窮愈留今年不送窮且羞窮亦知羞窮自去明朝恰與新年遇贈我椒樽屬故交頻頻推解爲同胞客路相依十四載明年此日知何在脩門遙遙路難通古來擊楫更誰同也憐囊空嗟無告猶欲堅持氷雪操爆竹聲喧

似故鄉繁華滿目總堪傷起去看天天未曉雞聲一唱殘年了

齊价人移湣以詩投贈次韻答之

性懶恒躭逸身閒若避紛當關學望氣載酒欲論文隹翰誠臻聖新詩更軼羣枝棲欣不遠時冀挹高雲

見博者

好將孤注作機關名士清談未是閒驛騎但能傳捷報出遊何必不東山

自疑

我自知人人未知爲人謀得已偏疑拈詩且脫寒酸氣作夢偏多欣喜時卧學袁安愁餓死乞同伍員歎欲投誰可

憐聲應年來少一味虛脾秖自欺

戲題

十五年來一故吾衰顏無奈白髭鬚以應遍處題詩句莫問量江事有無

庭中白菊新開

新粧入夜洗胭脂移向燈前賞一卮不覺更深花共醉影隨斜月舞遲遲

野鶴

獨得孤騫趣難違天性真優游俯仰適愛惜羽毛新高與烟霞狎廉爲鳳鷺嗔朝遊蒼海表夜唳鷺江濱骨老飛偏健身閒瘦有神已知矰繳遠幾閱雪霜頻舞月寒流影依松靜絕塵乘軒爾何事翻欲賤朱輪

夜眠聽雨

遇晴常聽月無月聽偏蕭海怒聲疑近泬喧勢作寒閒枝驚鳥宿野渚洽魚歡夢與詩爭局詩成夢亦殘

齊价人旋禾未及言別茲承柬寄欣和

忽帶青雲去惟將逸韻留剡舟知待雪陶徑已辭秋風足高山水光原燦斗牛瑞華承寄問多病獲新瘳

仲春日友人招飲不赴

世無一事慰相知占住桃源亦頗宜詩債屢稽明月夜酒緣偏懊好花時頻收靜致留春雨忽發新思寄梛村　却訝漁人焉得到遂令雞犬也生疑

郊遊分得青字

和風催我出郊去好鳥還宜載酒聽草色遥聯春樹綠湖光倒映遠峯青歌喉潤處花初落詩韻拈來醉欲醒逸興强尋豁目處翛然獨立望滄溟

菊受風殘又復無雨潤纍纍發花雖不足觀亦可聊慰我也

天風吹不盡憔悴復舒英似有催詩意還多望酒情會當枯亦發是乃困而亨愛惜饒真賞休將境遇評

重九日登嘯臥亭

重陽節至客心悲託興登臨酒一巵健挽石梁看沒羽醉摩字影讀殘碑當年運數終窮九九載憂危共此時爲問

生涯在何處黃花知以晚爲期

看菊

我昨咏卭須相將造芳圃南種悉珍奇目所未經覩何須問主人攜樽直入廡主人笑出迎看花有儔伍因之同歡酌脫畧如太古爾我與菊花亦竟忘賓主即此稱快哉主人有餘買相結再來期與酣愼莫拒乘此花正開聊以慰辛苦詰朝勅庖人折柬招衆父我亦與其中晨與便接武入門聞清香舉目愛花嫵登筵飲醇醪飽德銘肺腑爲樂欣正長引商復刻羽陽春天氣佳月麗清虛府秉燭繼夜遊分吟索韻譜才推河間雄箋飛白雪舞諸公八十高自足當繡虎我乃欲效顰如弄輸門斧聽言棲依處何異金

門塢（鼇城以南亦有金門塢）傲骨我終持不與時俯仰朗吟乞食詩無以濟終宴飲酒不能多所畏罰童殺當此知已聞強爲盡維醽主人酬勸頻先醒嫌小戶月色滿花枝時將過夜午運甓有後人爲能繼乃祖柴桑獨酌後猶戀晉亡士迄今景高蹈五字㰗規撫維菊與忘言芬芬自傾吐序晚值風霜勁節孰予侮藉非高士流濫賞奚足取共識此中意斯會同友輔

盧司馬惠朱薯賦謝

隔城遥望處秋水正依依煮石烟猶冷乘桴人未歸調饑思飽德同餓喜分薇舊德縈懷抱（盧昔爲我郡兵憲）于茲更不違

謝王愧兩司馬見贈

廿載仰鴻名南來幸識荊忘機同海客尊義締寒盟霜雨時需切東山望不輕流離誰似我周急藉先生

癸卯端午

年年此日有新詩總屬傷心羈旅時却恨餓來還不死欲漆長命縷何爲

海天多雨濕端陽閉戶翛然一枕涼不是好高偏絕俗并州今且作商量

笑予何事日栖遲不讀離騷便賦詩幾度爭卸欲問酒蒲香隔院竟招誰

感懷七首

本仲靖節志居此積憂忡退避依麋侶流離傍屬官身閒

因性懶我拙任人工島上風威厲衾寒夢未終採薇思往事千古仰高蹤放棄成吾逸逢迎自昔慵花枯邀雨潤山險倩雲封即此烟霞外心清聽晚鐘不改棲遲趣偏因詩酒降晨風搖遠樹夜月照寒缸地靜長留古心幽豈逐尨與來懷友處結韻老梅椿蓬蒿老仲蔚卜亦賣成都獨釣詩千尺分耕雲半區樂饑水有泌行乞市非吳但是棲依者相將莫問途朋來閒話舊感歎到斜曛聯袂招新月分途送暮雲梅寒搖夢影筆凍冷花紋與倦登樓矣依劉今未聞南來積歲月又看荔將花志欲希前輩時方重北衙隱心隨倦羽寒夢遠歸槎忽竟疑仙去新嘗蒙頂茶

忽爾東將半居諸不肯停新詩縈雪夢愁思入寒扃同調孚聲氣時賢重典型儆廬依大武遥接數峯青

思歸五首

歲歲思歸思不窮泣岐無路更誰同蟬鳴吸露高難飽鶴去淩霄路自空青海濤奔花浪雪商飆夜動葉梢風待看塞鴈南飛至問訊還應過越東

颯颯風聲到竹窻客途秋思更難降霜飛北岸天分界月照家園晚渡江荒島無蔵增餓色閒庭有菊映新缸夜深尋友沿溪去怕叩柴門驚吠尨

瀨水如從天外來澄光一片隱樓臺東山輿懶藏遊屐栗里花發覆酒杯熟慣窮愁詩債逼久安寂寞道心開洗心

欲挽河猶遠利涉當前藉大才

不飛霜色到疎林蘆雪楓丹秋已深民習耕漁因土瘠天留風月絕塵侵山容漸老添詩料海氣凝寒動客心絺綌自看還做甚無衣空擣月明砧

山空容睡欲厭厭可奈愁思夢裡添竹和風聲幽戛籟桐篩月影靜穿簾暫言放浪樵漁共久作栖遲貧病兼故國霜華渾不見海秋已過十年淹

山間五首

戰攻人世界隱我入山間且作躭詩癖誰云運甓閒松杉生遠影風雨隔前灣天路遥看近歸雲共鶴還

已當天末處地亦近南交欲雨虛帷潤無家壯志拋桐看幾落葉燕記屢營巢正作還鄉夢虛窗竹亂敲

只說暫來耳淹留可奈何驅羊勞化石返舍擬揮戈我恥周旋倦人言厭惡多旅途宜自惜慨以當長歌

餓已千秋久人堪飯首陽苦憂徒反側無事笑徜徉慨想風雲合迴思雨露長只今空寂寞能不戀滄浪

長松不可俯遠視立亭亭月色來窗曙山光到海青荒村餘古意老鶴變脩翎正發臨池興憂來筆又停

州守新搆僧舍于南溪人多往遊余未及也

沿溪傍水便開山我亦聞之擬往還一日無僧渾不可十年作客幾能閒書成短偈堪留寺說到真虛欲點頑正有許多為政處僅將心思付禪關

蛙聲 有引

寓居窄逼庭草不生時値秋霖雲深日暝入夜至更餘雨聲暫歇殘雲宿于天際微月出于東方忽有蛙聲出自庭側僅僅孤鳴或斷或續豈呼類而寡朋抑離羣而自咏歟枕聽之似爲有致不苦池塘亂鳴徒聒噪人不成夢也披衣而起挑燈咏之

時當默處懶爭鳴夜向空庭獨發聲低逐蛩號音不亂高隨蚓曲氣還清官私却混今誰問鼓吹難齊部未成雨後竹中空自怨並無飛羽宿啼更

咏籬竹

分植根株便發枝炎風空作雪霜思看他儘有參天勢口為孫貞尚寄籬

海中島 左都御史勞之辨 浙江人

海中島各一方古若茲況漢唐勝國末鄭寇强踞其壤恣跳梁潮汐駕帆檣肆擾掠毒閩疆

皇赫怒整斧斨命樓船下扶桑迺日躄乃求降陬兼澨梯且航置郡縣破天荒貢皮幣賦蔗糖銷兵氣日月光

竹溪寺

楚宮偏得占名山既作蠻州第一觀澗引遠泉穿竹響鶴期朝磬候僧餐夜深佛火搖皺空雨裡檳榔綴法壇不是許詢多愛寺須知司馬是閒官

赤嵌城

特立巍巍控太清，烟霞都自脚根生。羞爲白髮蠻官長，親上紅毛赤嵌城。日月過天疑見碇，魚龍駭影盡潛驚。何堪望斷他鄉目，滄海茫茫故國情。

臺灣雜咏

春盤綠王薦西瓜，未臘先看梆長芽。地盡日南天氣早，梅花纔放見荷花。

釀蜜波羅摘露香，傾來椰酒白於漿。相逢歧路無他贈，手捧檳榔勸客嘗。

東寧雜咏六首　高拱乾

春臺廣廈銜盧署，校藝監軍職濫分。無力椎牛頻饗士，有時倒屣細論文。平生拙處勤難補，異域愁來酒易醺。筋力未衰官味淡，函關西隔萬重雲。

有懷須學藺相如，每遇廉頗獨讓車。晚圃晴霞秋習射，半牕苦竹午臨書。羣公望隔二山杳，聖主明周萬里餘。素志漫言伸未得，忘機直欲混樵漁。

尺檄如傳空谷聲（重洋間隔，文移竟不易見），阻風經月少人行。關山已歷三千里，檣櫓猶遲十一更（廈門至臺郡水洋十一更）。地煖臘殘無雪到，憂深鬢裏任霜橫。眼穿何處天邊鴈，京雒難忘故舊情。

竹弧射鹿萬岡巔，罟網張魚百丈淵。幅布無裙供社餉，隻雞讓食抵商錢。文身纔起瘡痍色，赤手誰將垢敝前。爲語綰符銜命吏，遠人新附倍堪憐。

索居寂寂近瓜期，報道清班擬暫移（近閱邸抄開列司道補京卿者十八餘人）

厲名雲中高適豈堪常侍後班超惟有玉關思封侯夫壻何須悔學步兒曹六更癡自笑浮名終日累海濱漫守使君碑誰言習俗亂絲同攬轡澄清乏寸功捐輯尚慙屏翰寄更番何日戍樓空擬提片石安歸棹聊訂新編當採風臺郡無志余甫編輯此去中原詢異事仙桃長對佛桑紅

安平晚渡

日脚紅彝壘烟中喚渡聲一鈎新月淺幾幅淡帆輕岸濶天遲暝風微浪不生漁樵爭去路總是畫圖情

沙鯤漁火

海岸沙如雪漁燈夜若星依稀明月浦隱躍白莎汀鮫室寒猶織龍宮照欲醒烹魚沈醉後何處曉峯青

鹿耳春潮

海門雄鹿耳春色共潮來二月青郊外千盤白雪堆綫看沙欲斷射擬弩齊開獨喜西歸舶爭隨落處回

雞籠積雪

北去二千里寒峯天外橫長年紺雪在半夜碧雞鳴翠共瞰看積炎消瘴海清丹爐和石煉漫擬玉梯行

東溟曉日

海上看朝日山間聽曉鍾天開無際色人在最高峯紫閣催粧鏡咸池駭浴龍風流靈運句灼灼照芙蓉

西嶼落霞

孤嶼澎湖近晴霞返照時秋高移絳樹海晏捲朱旗孫楚

城頭賦劉郎江上詩淋漓五彩筆直欲補天虧

澄臺觀海

有懷同海濶無事得臺高瓜憶安期棗山驅太白鼇鴻濛

歸紫貝腥穢滌紅毛濟涉平生意何辭舟楫勞

斐亭聽濤

島居多異籟大半是濤鳴試向竹亭聽全非松閣聲人傳

滄海嘯客訝不周傾消夏清談倦如驅百萬兵

郊行即事　　臺灣王兆陞通州人今

寄身重海外默坐計生平幸隸芙蓉署欣遊細柳營深村

無犬警遠渚有鼃更夜雨晨方歇驅車再問程

續修臺灣府志卷二十三終

欽命巡視臺灣朝議大夫戶科給事中紀錄三次六十七　同脩
欽命巡視臺灣朝議大夫雲南道監察御史加一級紀錄三次范　咸
分巡臺灣道兼提督學　政覺羅四明　續脩
臺　灣　府　知　府余文儀

藝文五

詩二

乙酉三月十七夜渡海遇颶天曉覔澎湖不得回西北帆屢瀕于危作歌以紀其事　孫元衡

羲和鞭日日巳酉金門理檝烏鵲棲滿張雲帆夜濟海天吳鎮靜無纖翳東方蟾蜍照顏色高低萬頃黃琉璃飛廉倏來海若怒獰飆鼓鋭喧鯨鯢南箕鼓揚北斗亂馬銜罔象隨蛟犀暴駭鏗訇兩耳裂金甲格鬭交鼓鼙倒懸不解雲動牖宛有異物來訶詆伏艎僮僕嘔欲死膽汁瀝盡攣腰臍長夜漫漫半人鬼舵樓一唱疑天雞阿班眩睫痿筋力出海环玦頻難稽不見澎湖見飛鳥飛鳥巳沒山轉迷旁羅子午晷度錯陷身異域同酸嘶況聞北嶕沙似鐵誤爾觸之爲粉虀（澎湖山南有北嶕下為鐵板沙）回帆北向豈得巳失所猶作中原泥浪鋒春撞鷁首立下漩渦臼高桅低怒濤內濺頂踵濕悔不脫殼爲鳧鷖此事但蒙神鬼力窅然大地眞浮稊翠華南幸公卿集從臣舊識咸金閨挂冠神武蹤巳邈願乞骸骨還山谿讀書有兒織有妻春深烟雨把鋤犂

危舟得泊晚飯書懷

大海狂瀾驚轉舵金山到似解重圍此生不道有來日欲往何如成獨歸羈羈儒餐初定痛蕭疎旅鬢忽知非百年好是雙行脚夢繞湖山舊翠微

海波夜動燄如流火天黑彌漫亦奇觀也

亂若春燈遠度螢坐看光怪滿滄溟天風吹却半邊月波水杳然無數星是色是空迷住著非仙非鬼照青熒夜珠千斛誰拋得欲掬微聞龍氣腥

泛澎湖澳

孤島如稊一葦航情懷跋扈與相羊身隨雲鳥投清㘭（洋少淺日清水㘭。）夜鼓天風過黑洋羣鱗[illegible]魚堪八饌（海鰡翠色沙魚胎生）竹灣花嶼（俱澎湖山名）有飛鷀此間未是埋憂地貫月浮槎正渺茫

抵臺灣

八幅征帆落遠空蒼龍銜燭晚波紅洲前竹樹疑歸後天外雲山似夢中鹿耳盪纓分左路鯤身沙線利南風（七鯤身尾有沙線南風可泊）書名紙尾知無補著得詩筒與釣筒

浪言矢志在澄清博得天涯汗漫行山勢北盤烏鬼渡潮聲南吼赤嵌城眼明象外三千界腸斷人間十一更（自廈至臺計十一更）我與蘇髯同不恨茲游奇絕冠平生

曉起漫成

百瓮餘韲祇料貧閒消散步不沾塵如哀如訴車音遠相喚相呼角語頻（車輪脆薄其音甚楚市賣吹角若相和然）舞影日翻沙燕乳細香風粫樹蘭春年來絕塞烽烟慣博得滄洲耳目新

晚眺

他鄉莫望遠獨立況黃昏落日銜天海歸舟刺島巒鷓鴣無綴翦魚虎不空翻此際忘機者心情孰與論

病後書懷寄篠岫

病餘秋氣總陰森一卷莊騷苦竹林海日斜時潮水濶山風起處瘴雲深偶從廿蔗逢佳境忽見芭蕉賦卷心消受短檠人靜後守官軋軋草蟲吟

中秋夜對月

海濶偏宜月天南不覺秋自餘家尚在甘與夢同遊香靄湑浮桂（桂樹滿山人觸香則病亦瘴也）狂潮欲上樓一杯鄉國酒（沽酒不可飲海船多載惠泉）休爲看花留

諸羅縣即事

龜佛山前八掌（溪名）舒雕題絕國展皐輿木城新建煩酋長官廨粗營似客居北向蟲巢環瘴海西偏估舶就牛車嗟余慣郤豨方俗鉛槧隨身可自如

三林海上即事

天外何爭半月停暫將蜓室作郵亭霧沈秋嶂曉風毒雨過海灘雲氣脭萬里浪邊來覘事一條沙外去揚舲(此地鐵沙一線舟觸之立敗)重陽節近休回首那得登臺醉不醒

返署

十日山中詠採薇萬山回首尚依稀滿城鳥語秋多暖小院蘭香人獨歸生硬吏胥鋪印牓疎慵僮僕啟書帷開樽不道登臨事唱出新詩興欲飛

感物候

客久澹無欲無鶗非所望斷我近音信無雁成雨傷燕驕不肯蟄仲冬來草堂菊以玉為棻榴如琴有房傍帷鳴蟪蜓依戶守蚨蟷宵深一葉墮十月天微涼寄言閨中子毋念我衣裳

春興三首

北闕南鄉思不禁拋將身事任浮沈宦情老偶鵾鵬路歸夢遥逢覞睆音檻外花光紅露滿門前春氣碧雲深忘機習靜饒生意葉葉甘蕉展故林

門有烟波屋有林笥無華衮槖無金芳春逸興花同發永夜遥情月共沈鸚鵡螺前開笑口蠹魚編裏問初心散人乞得閒官職天外應須著冷吟

宜雨宜晴三月間朝登島嶼暮沙灣噓雲晚日千金縷腹海邊天兩碧環林下學占爭喚鳥(番人聞鳥語而知吉凶)檻邊閒譯

最深山臺山無正名都從彝語譯出一生心折陶元亮止酒篇從此際删

海外驚霜叱雪無復寒林可觀秋日行經木岡山下白茅作花宛如朔雪晨霜足補山川所不逮率簡

澄菴宋明府

茫茫宿莽本荒塗行到瀛南勝畫圖夾路霜華隨野濶到山雪色共雲鋪風微灝峭飄楊柳月淡江天冷荻蘆黃鎖一聲三榼酒海邦秋興未全無

遣興

齒頰添香生酒暈檳榔古賁佐扶留青青盛向金杵小抬翠隹人減却愁

玻瓈濃露藍幽光鄭宅春芽圖粉槍白嫩蠣房調最滑緑肥龍虱細生香

贈海客

頭白不須憐安居已是仙開門遲過鳥孤嶼得逢天潮覘盈虧月潮之大小視月風隨順逆船海風不分南北此去來之舟可用中堪玩世知有太平年

聽海客言寄嘲北莊友人

道是求仙歷險艱半思利涉半躋攀千條岐路迷銀礦一片晴雲想玉山貪把龍涎乘蛼葛競驅墨豹逐蜂蠻以腰細得名非關海客談言妄縱到瀛洲未肯删

秋日雜詩十二首

八月渾如夏冰紋枕簟斜渴虹淹溽具君毒霧夯風沙破夢

無名鳥傷心未見花自憐情漫浪更擬著浮槎

西偏惟落日東向一烟巒不爽鍼盤路無形鐵板關渡海以指南為信日鍼路又臺郡無形勝可據水底鐵沙為要害云

魚舸紛似葉戰艇靜如山深穩成安宅毋憂海國頑

亦有奇情在都疑夢裏逢潮生驚戰鼓日晝駭邊烽臺郡東面皆山不見初日頹陽如烽燧迸出夜深方隱奇觀也

挾火麒麟颶海風有名麒麟暴者風中有火數年間作竹摧雲傀儡鋒傀儡山時有雲氣其樹咸焦番成羣見人則殺秋容何處好千里木芙蓉。

諸番多窟宅深就瘴雲安竹塢疑熊館茅居結馬鞍山荒

朝獵豹田熟夜防獾此是羲皇上文身似羽翰

信此飄零眼浮觀別異同四時無正候百物有奇功版籍

飄稽婦新集之民遷徙不常以有婦者為定戶蠻村渾賤翁番人貴力食老則安坐待哺然每遭凌賤糟醨聊可啜應笑學鄲筒番酒剉大竹釀之味實不佳

海國多新意生涯自不貧清流環龍戶白水散罾人海白則淺可漁納罾餉零露龍噓蘖油雲蜃積鱗海外露濃如雨暮雲鮮肥所嗟鉛槧客風俗未相親

殊方今樂國礁貿自成隣餳釀酬田祖蠻謳賽水神蕡苗

田鹿喜蔗藥野牛馴山有野牛網而縶之馴以蔗藥經術能師古豳風屬此人

秋雨滋篔簹淒風養秀萎醍醐開伴少椰櫪野情遙轂擊

煎餳竈橋維蝦蠣窯晴罾慕那可息猿鶴漫相招

物情殊熳爛，問俗竟何如。樂事喧鼉鼓，哀音轉犢車。番荒逃火鹿（番耤鹿爲糧，驚火散，謂之番荒），海熟上潮魚（歲有魚逆潮而上，謂之海熟）。生理渾難計，安恬可瑟居。

欲補蟲魚註，徒多玩物情。文禽懸羽息（俗名倒掛鳥），沙蝟寄螺生（蝟生螺殼中）。守拙蠨蛸隱（蛛不張網），爭雄蜥蜴鳴（聲大如鵲）。大都觀變化，蠢蠢只空名。

秋宵常獨坐，宜樹漫相招（善睡之神）。積水光搖動，連民氣鬱陶。蝠飛迎月露，雞唱逐風潮（潮上雞則啼）。引領還空含，余生本寂寥。

回首平生事，心將跡並奇。溯江曾學懶（杜詩懶心似江水，大江源流閱已遍，故追憶之），入海爲求詩（又杜句詩盡人間意遐須入海求）。雲水交相適，魚龍兩不疑。還舟無處覓，大火又西馳。

海市清言

白沙洲畝長，蕣苔蓋屋。青林不用栽，兩乳燕投孤壘宿（海燕一歲再乳），四時花共一瓶開。巧人西域營工到，佑舶東吳載酒來。解語鸚哥成五色，更無烏譯費疑猜。

暮春郊行率爾有作

三春萬事都如夢，今日行春客思賖。好雨偏能蘇病骨，涼風似解逐輕車。山中漸長魚苗水，溪上新開龍爪花。拂地榕鬚遮戶竹，黃鸝應戀野人家。

留滯海外倏踰三載追維所歷不無慨焉

海東郡邑祇粗安，鼎歷三匾一島盤。蠻嶂高低雲亦險，鯨

潮咫尺路方難流光淡宕同鹹室氣味酸寒似橘官禦暴
應難憑隻手戈船鐵騎盡桓桓
推擠不去已三年（東坡句）千首詩拋海一邊初到似逋還似
謫郎今疑幻却疑仙後車何處無前轍大國由來是小鮮
疎懶不愁魚鳥笑刺桐城裏得安眠
學得散人工散法薄書拋却野情多不經意得花前句微
有情調醉後歌觀水蟲魚增注脚誌山鳥獸費遮羅叢談
就便辭雕飾未似張騫說泛河

病中二首

物態浮觀物理沉瘴山淺歷瘴雲深四時氣有三時夏一
日風生半日陰（俗稱九月烏）海外自知堅道念病餘不覺長禪

心大通中散無由覓九籥應難鍊紫金
幾日淹留似醉鄉今來小愈坐胡牀羹調玉糝桄榔軟茶
煮龍團橄欖香糕字壓成教女婢紙鳶畫就走兒郎（時値重九）
此翁得喪無何有炙背扶人傍短牆

冬日草堂漫興

杯泛寒姿菊有英燕飛蝶舞似春城山椒子結金鈴小調
出香螺軟玉羹
烹茶方法教兒僮蠏眼潛聽火候工汲取竹林僧舍水雨
芽來自大王峰

望洋

望望殘春生事微金門廈門多夕暉亂山斷處天應盡一

髮窮時鳥不飛潮汐東西遊子路礁沙閈闔水軍威奚囊萬里復何有未典來年兩賜衣

黑水溝

氣勢不容陳茂罵犇騰難著謝安吟十洲徧歷橫洋險百谷同歸弱水沈黕浪隱橋天在臼神光湧櫂日當心方知渾沌無終極不省人間變古今

大武郡登高

過海重行五百里到山更上一層臺地留歸路還非客秋在中原不用哀霜葉似花何處有瘴雲深壘幾時開囤應未落詩人手判却鴻荒待後來

鐵線橋村市

聚落魚鹽市通衢負販居潮頭低窄港橋背受輕車伐蔗飯牛足誅茅煨蠣餘青橙與霜橘治苦代新蔬

颶風歌

九瀛怪事生微茫瘴母含胎颶母長虹蓬出水勢傾墮（斷虹飲水稱爲破蓬主風）雲車翼日爭廻翔（雲如車輪主風）須彌山下風輪張獰悍慓怒天爲盲塕然于扶桑之木末吞吐夫天池之巨洋訇哮籔蕩鼓神力不崇朝而周廻于裸人之絕國黑齒之窮鄉颶颱颷颷無不有一一堁堀塵飛揚突如神兵交萬馬崩若秦家天地尨颼飂起中央沙礫盡飄灑鼉身贔屭扯坤軸義轂軒軒欲回輠怒鯨張齒鵬奮飛涸鱗陸死鹽田肥嗟哉元龜入殼避武威伏蟲盡蹂躪植物將誰依東

門大鳥何時歸我聞山頭磐石墜海水轟豉轟騰五百里戰輒連檣吹上山乖龍罔象追遷徙萬人牽之返於沚嗚呼海田幻化亘如此又有麒麟之颶火爲妖颱颱熻熻如焚燒黃髮遺民一再見閩門堅壁逃烝熇青青者黃黃者黑死海破塊山枯焦飛廉狂癡肆其虐祝融表裏夫誰要帝天不下聽仰首空雲霄舉筆用紀其事爲長謠昨者佑客歸爲言落漈事入溜爲落漈遭此四面風洄滂無由避連山波合遠埋空湧嶂劃開驚裂地木龍冥鬱叫幽泉海船下用直木稱爲木龍神實棲之忽有異聲則云木龍叫主凶桅不勝帆枕出位閃閃異物來告凶鬼蝶千羣下窺伺赤蛇逆浪掉兩頭白鳥掠人鼓雙翅天妃神杖椎老蛟攘臂登檣叱魔祟名馮幗棍可驅水怪事急矣

划水求仙披髮執箸虛搖船牛馬其身蹄其手口銜珠勒加鞍驥雷霆一震黃麻宣金雞放赦天所憐扶欹盡仗六丁力巾原一髮投蒼烟芒刺在背鉗在口自量歸渡霜盈顛爲舉一杯酹南斗胡爲乎職司喉舌而箕張其口聖人御極不鳴條噫此厲氣焉能久雄兮雌兮理則均強爲區別楚人狃花信何妨甘有四廿撰不礙萬盈九動物神功齊雨暘南風薰兮慍何有願箕宰所好剛柔用其中城威自艾安爾宮三年不波萬國來同吾將查乘貫斗歷四荒八極徜徉而東

朔四日泛海赴安平鎮

海國春回問鹿疊風微浪靜受朝墩雲屏列翠飛孤鳳仙成

鳳烟鏡浮花漾七鯤古堞初依新樹色靈槎遠赴碧天痕
未知鐵騎戈船在落落㞑賓水面村（俗稱漁家爲㞑寮）

裸人叢笑篇

聖威懾海若崩角蕈頑凶昔從倭鬼役今爲
王者農酋長加以冠族類裸其躬震聾鞭撻威嬉戲刀劍
鋒臺郎出守羅星宿云是大唐王與公五十二區山百重
南極蜈蜞北雞籠混沌不鑿天年終
短布無長縫尚元戒施縞桶褰本陋制不異蠻犵狫狫蠻
鑿齒喪其親爾蠻鑿齒媾其姻雜俗殊風仁不仁
管承鼻息颾簫音鈞亞齒隙調琴心女兒別居椰子林雄
鳴雌和終凡禽不顧耶娘回面哭生男贅婦老而獨但知

生女爲門楣高者爲山下者谷猫女臟新相鬭妍醉歌跳
舞鶩鴻翩酋長朝來易版籍東家麻達西家仙（麻達既婚名仙）
接飛軼走縱行橫施繡肌雕腋勇者是儀龜文蟬翼蒙表
貫肢背展鵰鶚𦚐獰豹螭跳脫臂釬瓔珞項拔矗然身首
犂魏尸
海山宜鹿依於樸樕麌麌呦呦羣行野伏諸番即之長鈚
勁箙毒弩獅橫噬倍於殺戮憑藉商手賦公局獲車既傾壑
有慾懵犇猛食何苦辛負采頤於肭蹄而剖腹
爾之生也懸刀伐弧爾之壯也畜犬爲徒彔筌以臥肉以
餔縱橫猛氣凌殷虞奮狋狀狁不可呼爭先奚翅當百犬
功多齒鈍棄匪辜口暮纍纍嗥路隅

虎山可深入傀儡鄭暫逢不競人肉競人首殲首委肉於
豝豵驚禽飛駭獸走腰下血模糊諸番起相壽
崩泉下澗三尺波女兒投水如羣鵝中官投藥山之阿至
今仙氣留雲窩生男洗滌意非乇無攣無靡無沉疴他日
縱浪有勳業為鯨為鯉為蛟鼉
鼉鼓轟林人野哭舉屍燉炙跳以熯蠅蚋不敢侵螻蟻漫
相逐埋骨無期兩發屋安置鬼牛與鬼鹿鬼殘日夜傷幽
獨番死鳴鼓而哭火炙令乾露置屋中屋頽而後掩所遺皆稱鬼物無敢取者號其婦為鬼殘衆共棄之
金人竄伏來海濱五世十世為天民花開省識唐虞春阡
陌雜作如無人披草戴笠鉗口含唇道路以目爰契天真
華人侮之默不嗔秫粒如豆箕如薪

羣嚼玉英粲醺醁為氤氳屏五齊三事而狄康不開準身
準口量餘粟一榼一瓢萬事足蚩蚩者無懷古民白刃酣
父醒穀穌番嗜飲通計所食之餘悉以釀酒其釀法則聚男婦嚼米納器為之亦一奇也

買舟

三宿能無戀故桑台來歸鳥厭回翔已亂大井潮頭館于例大井頭設館稽查商船
便買長梢颶尾航乘風尾渡海甚利別友定難逃酒
累治裝偏覺為詩忙竹蕉深處頻回首縹緲浮瓠一草堂草亭落成時題浮瓠二字于其上跋云五石之瓠為大樽而浮江海善用大也浮之耳于瓠乎何有茍之下無何有之鄉余心與俱也審矣亭成用以顏之

海會寺　婁廣

此地當年擬館娃蜃樓海市霸圖賒臣孫已去遺芳草宮

院誰來掃落花歌管聲沉聞貝葉舞衫采徹現袈裟我非竹院空閒過喜見梯航屬一家

手植文公祠梅花　　陳璸

賞徧花叢愛老梅賢祠左右手親栽寫眞舊有廣平賦入妙詩稱和靖才風送清香迷瀚海月移孤影出澄臺應知雨露深無限獨步初春傲雪開

文昌閣落成

雕甍畫棟鳳騫騰遥盼神霄最上層台斗經天巾北轉彩雲捧日自東升參差烟戶排青闥繡錯河山引玉繩今夕奎光何四映海陬文運卜方興

臺灣雜詠　　陳兆蕃 晉江人

茅簷竹壁半耕農士女于今罷斥烽山色千年森虎豹潮聲萬里撼蛟龍朝裘午葛邊嵐異撾鼓催航野渡衝自是天開南極處向來裸髮也雍容

赤嵌城觀海　　陳聖彪 侯官人

孤城獨上俯瀛洲極目蒼茫一望收落日半痕天共白晚潮千頃月同流滄溟隱入蛟龍窟島嶼寒生海市樓波浪不揚征戰息舳艫閒作釣魚舟

岡山

車行十里見岡山山接雲連萬仞閒高阜野花紅灼灼平疇春水綠閒閒雄分壁壘龜蛇合勢奠波濤竹木環聲教漸隨新位置一犁雲雨潤沙灣

上淡水社　鳳山令宋永清萊陽人

遙遙上淡水艸色望淒迷魍魅依山嘯鵂鶹當路啼茅簷落日早竹徑壓風低歲暮猶春意花香趁馬蹄

九日羅山遇雨

蕭蕭風雨度重陽匹馬羅山舊戰場白髮漸隨秋色老黄花空憶故園香雲迷古樹千峰遠霧鎖清溪一水長英酒年年常醉客爭雄壁壘幾滄桑

登八里坌山遠眺　諸羅令周鍾瑄

褰裳直躡千峰上萬里蒼茫一色同遠目但餘天貼水近聞惟覺浪號風巨鰲有首低擎地瘴雨無根直幔空寂寞斗牛誰再犯奸將消息問嚴公

番戲五首

蠻姬兩兩鬭新粧蹀躞花陰學舞娘珍重一天明月夜春來底事爲人忙

不掄檀板不吹笙一點鉦聲一隊行氣味何如初中酒山花翠羽鬢邊橫

聯翩把袖自歌呼別樣風流絕世無番調可知輸白雪也應不似潑寒胡

野氣森森欲嚼天維摩新病未成眠空餘無限羅伽女亂把天花散舞筵

一曲蠻歌酒一巵使君那惜醉淋漓但令風物關于會我欲從今學畫師

吞霄觀海

浩渺無因遡去程仙槎客泛正須評輕浮一粒須彌小包括恒河色界清世外形骸杯可渡空中樓閣氣噓成情知觀海難爲水更有紅輪向北生

關渡門苦雨二首

無賴陰雲拂地垂容愁如緒一絲絲那堪更向秋風裏卧聽黃梅細雨時

蠻烟如霧復如雲縷縷連江幛夕曛猶喜長風能破浪千山猿嘯雨中聞

望玉山

浮嵐高捲日初生一片晴光照眼明積雪不消三伏後層冰常訝四時成疑他匹練非吳市遮莫胥濤向越城大璞已教天地鑿山靈穩卧不須驚

棪園　陳夢林

小圃茅齋曲徑通參天老樹鬱青葱地高不怕秋來雨暑極偏饒午後風海外雲山新畫卷窗間花草舊詩筒莫愁紙盡無揮灑幾種芭蕉綠滿叢

丁酉正月初五夜羅山署中大風次早風歇飲酒紀

之以詩

海西蠻起蛟龍怒昨夜海吼風不住風聲入耳駭人聞風勢如癡復如颶客子殘燈半滅明閉門欹枕空百慮山房四柱柱影搖有時風欲挾之去萬馬蹄奔劍戟鳴虎豹搏噬急如注往來嘈雜不成眠一夜夢魂無宿處平明起視浮雲決風力漸微聲漸歇呼僮煖酒賞春朝似怯寒吹簾幔徹因憶去年臘月初番子渡頭朔風烈番社紛紛亂捲茅竹樹倒拔梢半折耳鼻塡沙眼怕開行人却走馬躄躃山溪狂似海波溯溪水冷子軸頭鐵雙犢亂流車苦遲番兒强輓膚破裂下馬停車暫息肩店舍無烟酒不熱番兒力盡凍且僵呼起聊爲哺與啜可憐幅布半圍身青錢那

惜恣饕餮此時如我敢言寒猶有敝裘重補綴況復今朝風已春牕明几淨棋盤新水仙香發綠尊滿春冷無眠奚足嚣風波自古仗忠信念爾孤蓬海上人

題臺灣周明府鍾瑄小照即以贈行　蔡世遠

渤青漲瀚亘流滄擻掲海飛矗海立丈夫磅礴撐森二巫兩習徒濡濕周君戚戚貴州人鑿離堆圖南直奮北溟才昔宰諸羅今復至橫海初回橫海來昨自監州晉郎署姓名赫赫官庭著因軫澤鴻集瀛島制府入陳煩借箸狗山蚊港湧歡聲猴悶瑯嶠延首迎仁風再拂繞沙嶮花柳息雞異樣清地蛇原蟹兩穎禾鮫宮蜃户舒陽和停澄若水爲甘露血池鱗海無鯨波我昔慕君未君識君整蠻宮事

丹刻屬我爲文文未工蝿聲蚓竅徒傴仄遲君此日到三山快聆高論豁塵顏胸濤巖電炳相對粒粒聚米陳臺灣揭來示我丹青圖吟風弄月淡淸娛三鬣五鬣蒼髯叟六梳七梳紫琳腴匣琴不彈有微意謂言遞鍾非輕試角民徵事在其中要在揮絃施撫字君今一鼓排　九閽再鼓奏明光坐使旁春咳首掃欃槍穿胸儋耳盡來王豈徒七鯤之澤北綫之波靜不揚

臺海竹枝詞八首　諸生　郁永河仁和人

鐵板沙連到七鯤七鯤身皆沙岡也鐵板沙性重得水則堅如石舟泊沙上風浪撼擲舟底立碎矣牛車千百日行水中皆無軌跡其堅可知鯤身激浪海天昏任教巨舶難輕犯天險生成鹿耳門

雪浪排空小艇橫渡船皆小艇也紅毛城勢獨崢嶸渡頭更上牛車坐沙堅水淺雖小艇不能達岸必藉牛車挽之日暮還過赤嵌城

編竹爲垣取次增官署插竹爲籬比歲增易衙齋淸暇冷如冰風聲撼醒三更夢帳底斜穿遠浦燈無墻垣爲蔽遠浦燈光直入寢室

耳畔時聞軋軋聲牛車乘月夜中行牛車挽運百物月夜車聲不絕夢回幾度疑吹角更有牀頭蝘蜓鳴

蔗田萬頃碧萋萋一望蘢葱路欲迷綑載都來糖蔀裏只留蔗葉餉羣犀蔗梢飼牛

青葱大葉似枇杷臃腫枝頭著白花番花開五瓣白色看到花心黃欲滴家家一樹倚籬笆花心漸作深黃色扳折累三日不殘香如梔子病其過烈風度花香頗覺濃郁

肩披鬒髮耳垂璫，粉花朱唇似女郎。梨園子弟垂髻穴耳，傳粉施朱，儼然女子。
媽祖宮前鑼鼓鬧，咮啁唱出下南腔。閩以漳泉二郡爲下南，下南腔亦閩中聲律之一種也。

臺灣西向俯汪洋，東望層巒千里長。一片平沙皆沃土，誰爲長慮教耕桑。

土番竹枝詞十首

生來曾不識衣衫，裸體年年耐歲寒。犢鼻也知難免俗，烏青三尺是圍闌。

文身舊俗是雕青，背上盤旋烏翼形。一變又爲文豹鞹，蛇神牛鬼共猙獰。

胸背斕斒直到腰，爭誇錯錦勝鮫綃。冰肌玉腕都文遍，只

有雙蛾不解描。

了髻三叉似幼童，髮根偏愛繫紅絨。出門又插文禽尾，陌上飄飄各鬪風。

覆額齊眉繞亂莎，不分男女似頭陀。晚來女伴臨溪浴，一隊鸕鷀漾綠波。

耕田鑿井自艱辛，緩急何曾比四鄰。構屋斲輪還結網，百工俱備一人身。

夫攜弓矢婦鋤耰，無褐無衣不解愁。番罽一圍聊蔽體，雨來還有鹿皮兜。

莽葛元來是小舠，刳將獨木似浮瓢。月明海澨歌如沸，知是番兒夜弄潮。

梨園倣服盡蒙茸男女無分只尚紅或曳朱襦或半臂上
官氣象已從容

土番舌上棹都盧對酒歡呼打喇酥聞說金亡避元難颶
風吹到始謀居

泛海

浩蕩孤帆入杳冥碧空無際漾浮萍風翻海浪千山白水
接連天一綫青回首中原飛野馬揚舲萬里指晨星扶搖
作徒非難事莫訝莊生語不輕

大甲溪　北路營叅將　阮蔡文　漳浦人

蓬山萬壑爭流瀉溪石團團馬蹄蹩大者如鼓小如拳溪
面誰塡遞疏密水淺沙流石動移大石小石盪摩澀海風
橫刮入溪寒故縱溪流作蠻壘水方洩脛已難行水至攔
腰命呼吸夏秋之間勢盆狂瀰漫五里無從測往來溺此
不知誰征魂夜夜溪旁泣山崩巖壑深復深此中定有蛟
龍蟄

番社雜詠二首　巡臺御史　黄叔璥　大興人

絕島中華古未通生來惟鬪此身雄獨餘一面猙獰外人
鳥樓臺刺自工

剉竹爲椽扇縛筊空攀樑上始編茅落成合社欣相賀席
地壺漿笑語高

臺灣近詠十首呈巡使黄玉圃先生　藍鼎元

東寧大海荒從古無人至明末羣盜巢鳥獎互竊踞鄭氏

奄而有蔓延爲邊忌我 皇揵伐張天威及魑魅遂使瘴癘鄉文物漸昌熾川原靈秀開鬱勃不可閉式廓惟日增蹙縮非長計（時有議棄近山田廬及禁入番界樵採之說）所當順自然疆理以時議勿因去歲亂長噎却飯饎

去歲羣醜張揭竿三十萬我旅一東征割戈雲見晛七日復全臺壺簞匝地爵可知 帝德深望雲爭革面餘孽雖時有死灰謀欲煽旋起卽撲除夫誰與爲叛當茲振道鐸敎化不容緩民心原猶水東西流乍變棄之鋌而走理之忠以勸

臺俗敝豪奢亂後風猶昨宴會中人産衣裘貴戚儗農楕士弗勤逐末趨驕惡囂凌多健訟空際見樓閣無賤復無貴相將事擕博所當禁制嚴威信同鋒鍔勿謂我言迂中心細忖度爲火莫爲水救時之良藥

閩學追曾鄉東寧昧知障當爲延名儒來茲開絳帳俾知道在邇尊君與親上子孝及父慈友恭更廉讓從茲果力行誘掖端趨向其次論文章經史爲醞釀古作秦漢前八家當醞醬制義本儒先理明氣欲王洗伐去皮毛大雅是宗匠此地文風靡起衰亦所望

臺地一年耕可餘七年食寇亂繼風災民間更蕭索今歲大有秋倉備補云五穀貴慮民饑穀賤農亦傷厲禁久不弛乃利于奸墨徒有遏糴名其實竟何益估客旣空歸裹足此家寂何如撙節之一艘一百石窮年移不盡農商惠

我德幸與諸當途從長一籌畫

纍纍何爲者西來偷渡人鋃鐺雜貫索一隊一酸辛嗟汝爲饑驅調茲原隰畇舟子任無咎拮据買要津寧知是偷渡登岸禍及身可恨在舟子殛死不足云汝道經鷺島稽察司馬門司馬有印照一紙爲良民汝愚乃至斯我欲淚沾巾哀哉此厲禁犯者仍頻頻奸徒畏盤詰持照竟莫嗔慈法果息奸雖寃亦宜勤如其或未必寧施法外仁

臺邑最褊小徵糧視鳳諸土狹賦獨重民困曷以紓臺灣田一甲內地十畝餘甲租八九石畝銀一錢輸將銀來比粟相去竟何如納粟弊多端斗斛交相瘉折色比時價加倍復何居鳳諸雖厚斂什百臺版圖墾多或報少以羨補

不敷臺土瘠無曠衡壓且偏枯安得相均勻丈輕三邑俱征收同內地含哺樂只且

郡東萬山裏形勝羅漢門其內開平曠可容數十村雄踞通南北奸宄往來頻近以逋逃藪議棄爲荆蓁此地田土饒山木利斧斤移民遷產宅兵之亦斷斷何如設屯戍守備爲遊巡左拊岡山背右塞大武膂既淸逸賊窟亦靖野番氛府治得屏障相需若齒唇

諸羅千里縣內地一省同萬山倚天險諸港大海通廣野渾無際民番各喁喁上呼下即應往返彌月終不爲分縣理其患將無窮南劃虎尾溪北踞大雞籠設令居半線更添遊守戎健卒足一千分汛扼要衝臺北不空虛全郡勢

自雄晏海此上策猶豫誤乃公

臺灣雖絕島半壁爲藩籬沿海六七省口岸密相依臺安

一方樂臺動天下疑未雨不綢繆侮予適噬臍或云海外

地無令人民滋有土此有人氣運不可羈民弱盗將據盗

起番亦悲荷蘭與日本眈眈共朶頤　王者大無外何畏

此繁巖政教消頗僻千年拱　京師

題黃玉圃巡使臺陽花果圖　庶吉士　吴王坦江南人

爾雅自姬公蒐討窮大塊後有山海經所言同誌怪荒略

何從稽於說亦荒稗乃知天地間賦形各萬派若非域外

遊奩猶等聾瞶巡方繡衣行幾及扶桑界東溟凌滄波驚

濤歷溯湃既至振紀綱問民軫痌瘝聞見往往殊耳目爲

一快其中植物繁羅列登而貢五色爛然陳厥狀難盡詁

細文如錦章粗文如方罫枝葉非尋常異味皆可嘬召工

寫此圖摹仿在公廨碧綠與丹砂肖眞事揮灑稱名復辨

種按之悉能解我生里閈間未得廣行邁多識慙古人拘

墟徒自嘅睛憁試展看意曠若脫械虚名玷使星願無遠

弗屆

又絕句二首

少許猊牀侍釋迦一家眷屬見曇花遥知使節風清候攜

得金莖灑異葩

珍果圖來命畫師拈花又寫佛前枝牕明几淨清茶供絕

勝黃金鑄像時

過澎湖嶼

巡臺御史　景考祥　汲縣人

渺矣澎湖嶼海中天一涯島開環四面民聚約千家風剥山無樹潮侵石有花捕魚生計足不解植桑麻

巡行詩十二首

巡臺御史　夏之芳　高郵州人

節旄高插引晴嵐人擁花驄攬轡銜拜罷耆童廻道左紛來朱履又青衫

野田清曉望天空地拓扶桑東復東赤嵌城邊雲散彩拓開海日一輪紅

負暄童叟愛冬溫紅稻成堆擁蓽門桐竹迴遭雞犬靜教人歷歷認花村

不須挑逗苦勞心竹片沿絲巧作琴遠韻低微傳齒頰依稀私語夜來深

杵臼輕敲似遠砧小鬟三五夜深深可憐時辨長炊米雲磬霜鐘咽竹林

盧灘水落漲沙泥南北中分虎尾溪一帶草荒村舍少年來新集有烝黎

諸峰攢集黛螺青玉嶺如銀色獨瑩展拓晴雲千萬里插天一幅水晶屏

二林迤邐接三林淡水縈洄鹹水深極目滄波浮海市一峯真欲笑蹄涔

龜蛇對峙鎖孤城形勢空傳統領營不築埤頭築海口爲憐安士重紛更

打鼓山頭石罅開懸崕倒拍海潮迴雷聲鼎沸浮空翠萬
里風檣認影來
仙山縹緲闇斜曛石上棋枰舊印紋沙馬磯頭人罕到爛
柯樵子語烟雲
八社丁徭力漸紓闔中餉稅蚤捐除只今宵晝辛勤處謹護
官家十萬儲

東郊勸農　巡臺御史楊二酉 太原人

時雨既已足命駕東郊行豈不嗜游覽所重在民生涼影
走虹練深竹鳴催耕秧馬踏畦碧麥浪揚疇平村烟間籬
落耆老歡相迎烽消省煩役賦薄無苛征復此兆有年談
笑當君羹殘陽摇旆色雞犬含餘情

四合仙梁　郡署四合亭側有老榕一株扶疎繁蔭根出地數尺蟠屈虬盤如梁

誰將玉斧斫仙榕露葉雲根影萬重疑是銀橋天上落不
因風雨作神龍

新園道中

路轉埤頭近平山一線連野橋低澗水深竹暗村烟犬吠
花間逕人鋤屋後田不知身異域疑對武陵仙

阿猴武洛諸社

同俗來番社青葱曲逕長家家茅蓋屋處處竹編牆牽手
葭笙細嚼花春酒香知能但耕鑿眞可擬羲皇

過羅漢門山

羅漢雲中塞天開第一重林幽深踞虎潭靜隱蟠龍馬闘

蘆間道塘盧竹外烽鳥鳴訝行色同出翠微峰

泊澎湖　　巡臺御史張湄（錢塘人）

大嶝門外渡橫洋羣山滅影流湯湯天水相交上下碧中間一葉凌波颿少焉紅溝映霞艷倏忽黑蛟鬣怒墨陸離斑駁異彩騰繪畫乾坤須五色針盤遠指天南交蒼茫四矚心悄勞直上桅尖索西嶼亞班趫捷如飛猱澎湖環島三十六歷歷人烟出漁屋未須滄海成桑田結網臨淵食粗足我來收泊媽宮灣舳艫屹立凝卯山三夜驚濤春客枕夢魂跌宕雷霆間是時望雨憂如渴極目園疇斷餘蘚北風可但濟行船喚起癡龍驅旱魃

夏日得雨

輸粟重洋役泛舟濤時方吟愧前籌萬家聚烏如孤旅三日爲霖解百憂聲震地雷橫出海勢分天漢倒懸流會須斗酒從田父叱犢村中看綠疇

東郊勸農

出郊天四垂墨雲挾狂雨勢如萬鏃飛作氣不待鼓彌望青葱蘢物我同栩栩平疇漾縠紋犂鋤應時舉誰能甘惰農自貽樂歲苦爲語蚩蚩氓海濱履王土黃髮與垂髫願勿入城府熙恬若桃源往來但漁父三時胼胝煩勤焉豈無所況當膏雨餘篝車滿可許烟林布穀鳴陌上策水牯米家圖畫間坐覽簑笠侶

勸農次書給諫韻

銜泥輿啐泐城東漠漠吹烟竹樹中一桁遙青山寫影千
畦淨綠雨爲功耰鋤父老分醇酒比屋雞豚見古風好待
如雲秋稼熟來看高廩再歌豐

澄臺小集次韻

澄臺嘉樾客戎戎醉後憑高四望通島市別開帆影外天
垠純浸水光中迢遙親舍孤雲擁浩渺予懷碧海同日午
南薰方薦爽當風不復辨雌雄

大壑門 俗作大擔非

門經大壑渡橫洋五色波中蕩日光起碇聲高驚曉夢吟
魂傾仄寄懸牀 宿海船中用繩牀四角懸空而卧以防傾簸俗稱吊牀

望向

浩瀚乾坤不見山水晶圓域覽仄環憑誰探取蓊花嶼桅
末飛騰兩亞班

鹿耳門

鐵板交橫鹿耳排路穿沙線幾紆廻浪花堆裏雙纓在更
遣漁舟嚮導來

氣候

少寒多燠不霜天木葉長青花久姸眞箇四時皆似夏荷
花度臘菊迎年

七夕

露重風輕七夕涼魁星高讌共稱觴幽窗遙聽喁喁語花
果香燈祝七娘 七夕家家設牲醴果品花粉之屬夜向簷前祭獻祝七娘壽或曰魁星于是日生上

予爲魁星會竟夕歡飲村塾九盛

中秋

碧天雲淨水烟微砧杵無聲一鏡飛畫餅香中人盡醉嫦娥親見奪元歸（中秋夜士子飲博達旦製大餅以象月硃書元字擲四紅者得之取秋闈佳兆也）

牛車

短軥高箱服兩牛柴車輓運健於舟五更殘月夢初醒角韻嗚嗚生客愁

北香湖

十頃紅雲貼水鋪藕花深處亂鳴鳧北風凉動香逾好得似西湖六月無

蓮花潭

蓮瓣芹絲一氣香天然泮水繞宮牆林端不許飛鴉集山勢高騫拱鳳凰

澄臺

澄臺上下樹婆娑滿目殘陽動遠波天水無垠同一碧風帆如葉鳥如螺

番俗

包練衣衫最麗都換年風景野花敷金藤耀首新粧裹答答偏宜賓也珠

競誇麻達好腰圍健足凌空捷似飛薩豉鏗鏘聲近遠輕塵一道走差歸

爭迎使節共歡呼駿馬前頭眾婦趨首頂榼盤陳野食大

官會未識都都
鵝筒慣寫紅夷字䭾舌能通先聖書何物兒童真拔俗瑘
瑘音韻誦關雎
藤毬擲罷舞鞦韆世外嬉怡别有天月幾回圓禾幾熟歳
時頻換不知年
偎傴山深惡木稠穿林如虎攫人頭羣蠻社裏誰雄長茅
宇新添金髑髏

雨後和張侍御韻　巡臺給事中　書山　滿州人

霢霂郊原四月中麥黄禾碧兆年豐衙齋分韻呈星使嵩
屋祈年須雨工觧澤已聞沾處處重雲猶爲護芃芃長吟
灑潤飛甘句樂意相關爾我同

勸農歸路經海會寺與諸同人分賦

勸農親民事歸途逸興同地高濃翠合林静妙香通喜得
千村雨閒來一畝宫寸心持半偈頓覺海天空

衙齋秋興

秋半猶炎熱中庭艸木香片雲天淺碧疎葉橘輕黄不厭
蟲鳴急還貪竹影涼人閒公事少無睡夜初長

山樓　王之敬　興化人

松竹逕從幽磴轉茅茨門向亂山開時聞好鳥林間語更
有鳴泉檻外來
萬仞巉巖插碧峰當軒雲樹碧叢叢夕陽西下湖光白一
棹歌聲釣晚風

秋容如沐淡襟懷野老相逢笑口開遥指夕陽紅映處碧
山樓閣似蓬萊

番俗　鄭　胥 連江人

混沌初開似葛懷人間甲子欠安排瞻蒲望杏占農候一
幅豳風却不差

蓬頭跣足露雕尻尺布纏腰結束豪總髮莫嫌藤艸陋嬈
妖全在插雞毛

三月芳菲唱踏歌魚龍人海鬪婆娑就中也有周郎顧顛
足推頭說甚麼

素問空傳肘後經山中無復劇參苓河流滴滴楊枝水洗
盡番兒骨髓腥

灌溉無煩土脈饒纔經播種不耘苗登場一歲支三歲誰
上屯田十二條

詠偽鄭遺事四首　陳　昂 侯官人

戰舸旋師返北轅轉教烽海鬪乾坤 成功金陵敗還孤軍勢蹙適紅夷甲螺何斌負夷債走廈陳臺灣可取狀諸將以險遠爲難羣議不能決獨成功銳意進取 金多舊借牛皮
地 初紅夷借地于倭日但得地大如牛皮多金不惜倭嗇利許之乃剪皮如縷環圍數十丈築赤嵌城自是久假不歸全踞臺地南北土酋皆屬焉 水漲新通鹿耳門 鹿耳門港道紆折沙多水淺成功至忽水漲數丈大小戰艦縱橫畢入 赤嵌城孤遺舊業 成功使謂紅夷日此地乃先人故物歸我兵始罷 紅彝援絕竟移屯何緣自比虬髯客豈昧幾先讓太原 其報招撫書自比張仲堅
片石能容百萬人天遺圖讖應南閩 初臺灣石中讖云鳳山一片石能容百萬

入五百年後閩人居之也知中國全歸漢妄託仙源可避秦荒島畬田登版籍土酋番族雜流民開荒絶勝田橫島易世相傳尚不臣

荒遠羈棲幸弗誅敢通叛逆約齊驅耿逆變後使人詣經請濟師漫勞蝸戰爭天下先自鯨吞奪海隅經欲借漳泉二郡爲召募地耿逆弗許自是戰爭不息三載相持誰得利兩雄交搆待全輸彼蒼藉手平南紀曠古新增一統圖

昔年亡將濟時才成功奉兵時施襄壯年最少號知兵尋因與懼罪亡歸仰仗威靈涉險來地轉海鹹生淡水澎水故多鹽故我師雲集隨地掘井水泉出皆淡天回風颶起奔雷六月中常有颶是日將戰有風從西北來士皆股栗公乃大呼祈禱須臾雷震立轉南風官軍血戰滄波沸逆虜魂銷刼火灰焚燒僞艦二百餘艘澳嶼全收

三十六受降澎島戟門開

秋夜　監生　林元俊　同安人

西風瑟瑟夜淒涼何事縈心旅夢長豊韻初秋吟遠砌螢燈帶月照高梁傾觴自許三更醉對菊頻分一段香最厭隣家砧杵急聲聲盡是搗愁腸

蝴蝶花　太學生　王　洪　龍溪人

不識波羅國爭看蝴蝶花吐絲多浥露展翅各矜華最喜秋陽映應須錦幔遮風飄仙客醉窓外影橫斜

朱文公祠梅花　陳中丞清端公手植　王聯登　泉州人

海外遙瞻笑幾回南枝開盡北枝開參差造物非無意知是風流太守來

吟落風塵漫自輕春來占斷自分明廣平賦就成佗話鐵
石心腸更有情

海濱聊作美人家醉後更闌月影斜惱得詩人緣底事請
君試看典型花

乘興尋芳共盡樽羅浮花下醉黃昏夕陽掩映佳人影莫
認亭亭倩女魂

溪上　生員陳斗南　臺灣

一灣春水繞人家兩岸餘波濺碧沙咫尺烟津盧過客浮
沉古木欲棲鴉雲封遠岫千層渺艸長荒田一望賒共訪
仙源何處是隔溪依約有桃花

登龜山絕頂

攀蘿捫石上層巒野曠天遥一望寬海送潮音如欲雨山
含樹色暫生寒花宫清敞遊人集艸徑縈紆去路難咫尺
蛇峰餘故壘蕭蕭烟景正貪看

遊大奎壁浄度庵

黃龍白馬現今朝頻訪山僧不憚遥卓錫時聞翔鶴響譚
經惟見雨花飄寒園病叟空泉甕小市歸人只木橋淋水
與師成夙契傾心獨許遠公招

走珠莊

不到山莊又隔年近來雙岸集人烟蘆花缺處疑爲路溝
水流時足灌田歲晏歌鍾崇臘祭天寒老稚負朝妍行程
莫厭沙洲遠山疊溪頭繫釣船

白鷗塘雜詠

暫免征途苦丁今百慮疎名山隨我看濁水任人漁風雨三春暮鶯花一望舒瞻雲時有意何處遣雙魚

看山宜曉起萬疊最分明日帶雲中色風餘樹杪聲新畬聞布穀古竹話流鶯極目烟波際茫茫積翠橫

猛雨連三日溪聲晝後饒沙堤窓外滑烟樹望中遥茅舍依高岸銀泉落小橋泥濘何處客歸路正迢迢

萬水何西注斗六門之水皆西流潺湲晝夜聞荒林橫宿霧遠岫夾層雲沐鷺無人管飛鴉偶自羣忽看魚艇入欵乃聽紛紛

初夏讌集　歲貢生周日燦諸羅人

日月無停軌芳時最難留人生當爲歡慽慽復焉求幸有芳樽在曠然滌繁憂薰風被廣陌蘭茝散林邱鳧鷖何處來喓喓鳴沙洲嘆我羽翼短飄飄莫與儔長歌滄海外知我共綢繆

暮春　附生葉泮英臺灣

春風淡蕩柳條輕半老山花半老鶯遲日滿簾飛絮亂不堪腸斷是淸明

鳳仙花

道是仙家卉亭亭向座隅繞鸞花綴鳳翻見蘂凝珠色足秋容好烟浮暮靄敷隣家小兒女纖手愛塗朱

老來嬌

不是名花作意紅老來顏色傲春風幾回側倚欄杆立錯

認珊瑚出漢宮

龍潭夜月

月皎寒潭清夜深秋露白驪龍自在眠雲影蕩天碧

屏山夕照

峭壁叢茸綠天然列畫屏夕陽殘照裏添得十分青

白鷗塘雜詠

暫免征途苦于今百慮疎名山隨我看濁水任人亂風雨三春暮鶯花一望舒瞻雲時有意何處遺雙魚

看山宜曉起萬疊最分明日帶雲中色風餘樹杪聲新畬聞布穀古竹話流鶯極目烟波際蒼茫積翠横

猛雨連三日溪聲屋後饒沙堤窗外滑烟樹望中遥茅舍依高岸銀泉落小橋泥濘何處客歸路正迢迢

萬水何西注斗六門之水皆西流潺湲晝夜聞荒林横宿霧遠岫夾層雲沐鷺無人管飛鴉偶自羣忽看魚艇入欸乃聽紛紛

初夏讌集　歲貢生周月燦諸羅人

日月無停軌芳時最難留人生當為歡慽慽復焉求幸有

芳樽在曠然滌繁憂薰風被廣陌蘭茝散林郊鳧鷖何處來嘤嘤鳴沙洲嘆我羽翼短飄飄莫與儔長歌滄海外知我共綢繆

暮春　附生蔡泮英臺灣

春風淡蕩柳條輕半老山花半老鶯遲日滿簾飛絮漁不堪腸斷是清明

鳳仙花

道是仙家卉亭亭向座隅纔驚花綴鳳翻見蘂凝珠色逞秋容好烟浮暮靄敷隣家小兒女纖手愛塗朱

老來嬌

不是名花作意紅老來顏色傲春風幾回側倚欄杆立錯

認珊瑚出漢宮

龍潭夜月

月皎寒潭清夜深秋露白驪龍自在眠雲影蕩天碧

屏山夕照

峭壁蒙茸綠天然列畫屏夕陽殘照裏添得十分青

續脩臺灣府志卷二十四終